スピリチュアル・ジャンキー

文学に憑かれた日々

山本恵一郎

ここで書こうとしているのは、敗戦後のさまざまな混乱がようやくおさまりをみせ始め、人間の実相を直視する文学の言葉が生気をおびてきた一九六〇年あたりから、その言葉が衰退霧散する二〇一〇年あたりまでのおよそ五〇年間の、駿河湾西岸における文学愛好者の群れの熱狂と焦燥と風狂の態様である。

群れを一匹の獣とみるなら、その骨相はエゴチストの小川国夫によっていて、配役は小川を勝手に先導獣とおもいこむジャンキーたちであり、先導獣の文学至上主義を信奉するジャンキーたちの飢渇と焦心の刻々である。ランボオは地獄の季節・錯乱Ⅱ「言葉の錬金術」に〈この物語も数々の俺の狂気の一つなのだ〉（小林秀雄訳）と書いた。これもそのようなことだろう。

すべては過ぎ去ったことだ。書きのこすことに意味があるのかどうかは知らない。

先導獣の小川は社会の常識を脇において非常識を生きた。常識の次元で生きようとはしなかった。

世にでるまえの小川は志賀直哉のように書くことから始め、次いで、人間のことは解らない、解らない以上、解らないことは解らないままに、解らない場の一瞬をフォーカスイン（注・ボケている画面から、ピントを合わせていくカメラテクニック）し、暗喩によって示す、というところで小説を書いている。

これは小説の方法といえるのか。それとも詩の方法なのか。

しかし、そういう小川の作家性を、小川をとりまくジャンキーたちはほとんど理解していなかった。

「おめえはバカ野郎だ。年譜だ、評伝だ、と、小川国夫に寄りかかってそんなくだらねえものをやっていやがって。だからろくな小説が書けねえんだ」

曽根一章はそういうと椅子にかけていたわたしに跳びかかってきた。岩崎芳生が、

「よせ一章」と怒鳴ったが一章は離れない。

わたしは力まかせに暴れてたちあがり、テーブルを跳ねとばしてくみうちになった。

みな狂っていた。必死に何かを生きていた。だが、その何かがわかっているものはいなかった。

一章とは同人誌『隕石』『椅子』を共にやったが、この一件は『椅子』時代の後期、互いの身もリストラにさらされて路頭に迷うか、と日々おそれていた頃のことである。

静岡県文学連盟運営委員会のあと。静岡駅南の赤提灯おかめ……。

(当時のノートにわたしはこんな殴り書きをしている)

デンキブラン、デカダンス、コロシテヤリテエ、無知風狂

そこには確かにいまはない一時代があった。

世にでて輝いた小川国夫という星があった。

しかし、その星の下はスピリチュアル・ジャンキーの戦場だった。

小さないきつく先のない流星のかけらたちがひしめきあいながら落下していった。傷つき涙をながした。そしてそのほとんどがつたない文学風の作品という詮方もない爪あとだけを残して去っていったのである。

親しい間柄と思われた文学を仲立にした交流も、一方が語りかける言葉へのもう一方の反応が希薄になるとたちまち消滅する。こうして視界から消えていった者も多い。

忘れ去られるしかない影のようなジャンキーたち。

しかし、いまになってみると、その残影は戦傷の激痛の去ったあとの兵士のような、もはや痛まない傷をなつかしく想いみつめながら、消えさった戦場から遠いはるかな夏草のなかにあって、幻想に憩い、いい難い悦楽の錯覚に酔っているかのようでもある。

あの一時代の正体はいったい何だったのか。

その残夢の実体は問えば見えてくるのか。

ここに登場する人たちはすべてわたしがよく知っている人たちである。

一度は生前同様に敬称を付して書いた。だが読み返してみると、登場人物を直接知らない人にとって敬称はわずらわしいもののようでもあり、臨場感をそこなうもののようでもある。だいいち、白々しくてやりきれない。

世を去った人たちに敬称はいらない、と深澤七郎は書いている。

現世を離れ、他界に去った人たちに現世の敬称は不要と。なるほど。

わたしたちに必要なのは彼らが遺したものだ。いや、遺そうとしたもの、というべきであろうか。

深澤にならって、ここではすべての登場人物の敬称を略させていただくことにする。

六八年、世のなかは国のいくすえを思いわずらう思想にゆれていた。

そんな時世でありながらわたしたちは、世にむかえられた書き手でもないのに、思想とは無縁の、世上などそっちのけの、文学至上主義というデカダンの孤城にこもる小川国夫を見習い風狂を生きていた。

「おめえはバカ野郎だ……」

わたしは怒りで目のまえが見えなくなった。

わたしは一章よりはるかむかしから小説を書いてきていた。しかし、ある時期からは小川国夫の年譜や評伝を書くようになり、事実だけを追いもとめる日々がつづいていた。あいまに小説を書こうとしても頭が事実にひっぱられ、想像力がかげをひそめ、文章が筋書きだけの味わいのないものになってしまうことに気づいていた。一章は無論ほかの同人たちもそれには気づいていただろう。

しかし、そんなことを面とむかっていう者は誰もいなかった。本人のわたしが一番わかっていて気にしていることだったからだ。それを一章は正面きっていってきたのだった。くわえて「小川国夫に寄りかかって」というようないいようをしたのである。

体がふるえた。わたしは小川に寄りかかって文学をやっているつもりはなかったし、どんな頭で考えたって、文学を人に寄りかかってやれるものではないことぐらいわかるはずだった。それにわたしは他人のまえで、小川に近いところにいる人間だというような顔をしたことは一度たりともなかった。自分を見うしなわないように、自分を保つために、どうにかしていくぶんでも小川とは距離をおいて接しようともしていたのである。

静岡近辺では小川が世にでて以降、周辺の文学青年はこぞって小川にならい、小川のようになりたいと思って近づき、あるいは反発しながら小説を書いてきていた。わたしたちの頭のなかでは、幸か不幸か、小川文学は厳然とした文学の尺度となっていたのである。あのようでなければ文学たりえない。世にでることはできない。また、世にでる価値はない、と真剣に考えていた。

しかし、小川文学となると、それがあまりにも孤高であるために、周辺の文学青年たちは苦しいことになっていった。一章も例外ではなかった。芳生もわたしもまた同様だった。

小説を書こうとおもうなら、小川には近づかないほうがよい。

わたしはいつ頃からかそうおもいはじめていた。おおぜいの同人誌作家が世にでたい野心をもって、なにか実になるものを得たい一心で小川にちかづいていく。その結果、彼らは自分がもっていたものすら見うしない、すっかり毒気をぬかれて書けなくなっていくのである。わたしはそれをみていた。

小川とその周囲に群がるジャンキーたちとの関係はまことに奇妙なものだった。

そんななかでわたしは非常に特異な位置にいたようにいまになると思えてくる。

小川とその周辺の文学青年たちの動きのよく見える踊り場、上界の小川、下界のジャンキーたちのみえる場所にわたしは立っていたように思える。

生原稿を二作みてもらったことによって、小川文学の下支え雑務を頼まれるようなことになっていたからである。

年譜制作、聞き書き評伝……小川に関するエッセイ……評論……。が、しかし、特異な位置などというものはありえないだろう。時を経てこのように思うことも、自分をふりかえり考える者の安易な無意識の捏造的幻想かもしれない。

小川が東京大学文学部国文科に入学して藤枝をあとにするのは一九五〇年四月である。この時が二三歳。同大在学中自費留学試験を受けパリ大学に留学するのが二六歳の十月。友人柳宗玄より中古スクーターVespaを購入、地中海沿岸の旅に明け暮れ、スクーターを画家野見山暁治に売って帰国するのが五六年七月、二九歳。父富士太郎に東京大森に〈孤独の部屋〉を建ててくれとせがみ、大学には復学せずに創作活動に入る。五七年六月、丹羽正、金子博、三光長治らと文芸同人誌『青銅時代』を創刊。一〇月、私家版『アポロンの島』を刊行。一一月、御手洗綏子と結婚。六〇年、三三歳。長男出生。同月、藤枝に移り住み、父の事業所に（形だけ）勤める。

この二三歳から三三歳までの一〇年間が結果的には、小川の作家としての主たる孕みの時期であったといえるかもしれない。帰国後の小川は大森の高台に建ててもらった家で小説を書き、出版社に売り込みに歩く。が、原稿は採用されない。生活費は父富士太郎が小川を事業所の副社長としていて、給与のかたちで送金してくるものによっていた。それが税務署にしれて「出勤しない、会社の仕事をしない者に給与が出ている」と指摘され、即刻改善しなければ摘発すると警告される。

富士太郎からの連絡をうけて小川は、あわただしく大森から藤枝のかつて祖父母が住み当時空家になっていた長楽寺の家に引っ越す。そして日中寝ていて、夕方事業所に行き、出勤簿に認印を押して（形だけの出勤をし）、家の帰り、深夜小説を書く、という生活が始まる。『青銅時代』の仲間ともめったに会うことがなくなり、出版社への売り込みにも出かけない孤独な日々が続く。町の人々は噂する。

「小川の長男は東大からフランスへ留学して、頭がおかしくなって帰ってきたらしい。夕方になるとギイギイ悲鳴をあげる自転車に乗って親父の会社に顔をだすらしいが、あとは家に引きこもって何をしているのか、小川家でもあの長男は悩みの種だろう」

これが東京から都落ちしてきた小川国夫である。

小川は故郷にもどると、ささくれだった青鬼のような形相で親掛かりの高等遊民のまま働くこともなくくすぶっていた。

九一年、六四歳になった小川は、この帰郷の頃をモデルに「悲しみの港」（『朝日新聞』夕刊・二七一回連載）を書くが、その冒頭は以下のように始まっている。

> 六〇年安保のあと、その年の十月に、私は故郷へ帰ってきました。東京の吉祥寺（注・実際は大森）から静岡県の藤枝へ引っ越したのです。都会で世にでるあてもなく小説を書いていた青年が、田舎に居を移して、依然あてもなく小説を書き続けることになるに過ぎないとはいえ、心に新しい波立ちはありました。ここへきて、また一段転落したように思えたのです。気を取り直そうとして、自分にはどこまでも落ちてみる度胸があるのか、などとやみくもに自問したりしました。

そういう小川に、六三年二月、県文連（静岡県文学連盟）創設と『文芸静岡』創刊にむけて準備していた高杉一郎が、焼津の加仁阿木良をメッセンジャーとして、小川を誘いだすようにさしむける。

高杉一郎は元改造社『文芸』の編集長である。

改造社が軍部に圧殺されるように解散させられる直前に召集令状がきて応召、満州に渡り、敗戦とともにシベリアへ送られ、厳しい抑留生活に耐え、復員後スターリン批判をこめてソ連の実態を書いた『極光のかげに』を発表、ベストセラーとなる。

しかしこの時、観念だけの社会主義思想集団から呼び出しを受け、根拠のない攻撃を受ける。作家としてたつ道もあったと思われるが、高杉は大学で教鞭をとる方向に道をさだめる。

加仁阿木良は静岡大学の万年学生だった。八年在学して、九年目はない、といわれたつわものである。

当時、静岡大学には文理学部に文芸誌『哭』が、教養部に文芸誌『暖流』があった。この二つをつつみこむ形で〈文芸サークル〉なるものがつくられ、加仁阿木良や谷川昇はここを討究の場にしていた。高杉はここに顔をだし、文学好きの学生たちと深くかかわるようになっていく。

『文芸静岡』は六三年一二月に創刊された。小川国夫は「苛酷な夏」を、加仁阿木良は「酉の刻」を発表している。しかし、この創刊号には、どこにも文学連盟創設や『文芸静岡』創刊に関する理念のようなものは掲載されていない。すっきりと作品が並べられているだけである。

高杉の狙いは〈定期的に発行される文芸誌を創刊して、そこでひとりひとりの才能を根気よく育てていく〉というところにあった。連盟の会員はその才能を発掘し育てるための支援者としてあればよい、という考え方である。多くの支援者としての会員を集めるために、県下の文学愛好者、創作、詩、短歌、俳句、に親しんでいる人たちに声をかけた。

高杉は県民会館の地下に〈ラムプの間〉という一室をつくる。英語の文学（literature）、芸術（art）、音楽（music）、演劇（play）の頭文字をつらねて（lamp）、高杉が命名した室名である。

そこをサロン風の場にして会員交流の場としたのだった。ここにつどうものは上下年齢の区別なく皆文学の友人である。この高杉による連盟会員の性格づけが、後々の静岡の文学風土を作りあげていく。

小川国夫、三六歳。加仁阿木良、三一歳。加仁は旧制藤枝中学の小川の後輩である。が、それ以前に小川との交流はなく、このときが初対面だった。

そして、同時にこのときが、小川の故郷での風狂のはじまりであり、加仁の受難のはじまりだったのである。

そこからおよそ三年というもの、小川が商業雑誌から執筆依頼を受けて忙しくなるまで、ほとんど毎日のように加仁は小川にまといつかれ苦しむのである。

小川は藤枝の家から焼津の加仁のアパートまでゴム草履をつっかけて徒歩で、あるいは錆びて悲鳴をあげる自転車にまたがってかよい入りびたった。

小川に会うまえの加仁は実弟の経営する学習塾で英語を教えながら小説を書いていた。その日常が一変したのである。

小川には時間の観念が欠落している。徹夜で酒を飲み疲れればその場で寝て、起きればまた酒になり、それが三日、四日、五日と続く。

塾の授業がどうにもならなくなって加仁が悲鳴をあげると、小川は鷹のような目で加仁をにらみつけ、

「文学と塾とどっちが大事だ」と鞭を打ちおろすような声を発する。

「それは文学」

そう加仁は答えざるを得ない。彼も可能なら文学で立ちたいと思っていたからである。塾の子供たちが可哀そうでならなかった、と後に加仁は述懐している。塾の子供たちも自分もと言いたいところだったただろう。清新な感性の持ち主だったが、そして終世、文学から関心が離れることはなかったが、終のときまで学習塾の一講師であり続けるほかなかった。彼が書き残した作品は三篇の短篇小説と数篇の短いエッセイだけである。塾の仕事にも慣れて文学に打ち込むべく確保したはずの時間を、そっくり小川に奪われたのである。

小川は無頼のかぎりをつくして加仁からあらゆるものを奪い取った。小川のサディスティックな性向がここに現れている。それは麻薬のように作用して加仁を呪縛した。

人の好い加仁にもうんざりすることはあっただろう。

雨のふる夜、いくらなんでも今日は来ないだろうと雨戸を閉め、ドアに鍵をかけ本を読んでいると小川がやってきた。

「加仁さん」

加仁は寝たふりをしてドアを開けない。

「加仁さん、おれだよ。小川だよ」

加仁は息をころして本を読みつづける。

「加仁さん」

小川がドアをたたく。それでも加仁はかたくなにうごこうとしない。

「加仁さん。いるんだろ。開けろよ」

加仁はページをめくるのもやめて息をいっそうひそめる。

「留守かなあ」とつぶやく小川の声がして、通路を足音が階段のほうへいく。

加仁はほっとして本に目をもどす。ページをめくる。と、その時である。雨戸にがつんと石のあたる音がして加仁はとびあがった。

「加仁さん、居ることはわかっているんだ。開けてよ」

小川は外にでて窓の下から石を投げたのである。

ここで開けてたまるか、と加仁は唇をかんでおもう。

石がつづけざまに投げつけられ、雨戸やトタンの羽目板がはげしい音をたてる。

加仁の部屋はアパートの二階である。深夜、外は雨、アパートはどの部屋も寝静まっている。いや、部屋のなかではみな何ごとがおこったのかといぶかしみ、恐れをなして声もたてられず、戸をあけて外をうかがうこともできずに布団をかぶっているのだろう。

「加仁さん。居るのにドアを開けられないのは、誰かいるのか。女がいるのか。××××してんのか」

加仁は仰天して雨戸を開ける。ざんざと雨のふる窓の下に、小川は溝鼠のようにぬれてたっている。

　加仁の部屋にはいってぬれた衣服をぬぎすて、加仁のものをかりて着ると、小川は何ごともなかったように、自分の部屋にもどったようなくつろいだ顔になって、棚から勝手にウイスキーの瓶とグラスをとってテーブルにおく。そして、

「加仁さん、ホセアの救いって、知ってる？」と聞く。

「知らないよ、そんなこと」と加仁は不機嫌にこたえる。

「旧約聖書の小預言書にある話だけどね。不貞の妻を捨てず、迎え入れたことによって、神が背信のイスラエルを見捨てることなく、不変の愛をもたらされることを知らされ、神の愛を説いてイスラエルに悔い改めを訴える預言者」

「それが何だっていうんだ」

「救う者がいて救われる者がいるってことさ。外はほん降り。でも、加仁さん、まずは飲んで、温まろうよ」

　六五年九月五日、島尾敏雄が朝日新聞の〈一冊の本〉欄で小川の私家版『アポロンの島』を絶賛する。それは小川にとっても加仁にとっても県文連にとってもエポックメーキングな事件だった。

　小川のところに少しずつ出版社から注文が入るようになる。それで加仁はようやく小川の我が

ままから解放されたのである。しかしそのときにはもう加仁には文学へむかう気力は残っていなかった。

加仁と小川の激突する文学談議は、加仁が古典などの作品を例に文学の方法や物と言葉の関係などについて論理的に話すのにたいして、小川はもっぱら加仁を挑発し加仁が蓄えたものを吐き出させたのである。

加仁は大変な読書家で博覧強記といえる人だった。

一方の小川は一旦自分のものにしたものは決して他者に洩らしたり教えたりしない。誰かに伝える、育てる、共生するというような考えは微塵もない人だった。だから小川と相対で話す者はもっぱら奪い取られ吸いつくされるのである。

加仁は小川の巧妙な挑発にのせられて喋る快感に酔っているうちに、気づくと自分の内が空洞になっていることに気づく。そのうえ連夜の酒代はほとんど加仁が出していた。

加仁の小川に対する純真は生来のやさしさ、人の好さからきていると思うが、それは小川の優柔不断で警戒心がつよいうえに狷介で外柔内剛、逃避性向のつよい複雑な性質を安心させもしたのである。

小川のこういう性質は書くものにあらわれている。思想を示さず、説明をしない。肯定も否定もしない、いわば保留の姿勢が小川の場にたいする基本姿勢である。

この姿勢は交友関係にも身近な家庭生活にもあらわれている。相手はクラゲのようにつかみどころのない不実に翻弄されることになる。

人間関係はたいがい説明のやりとりによってなりたっている。丁寧に説明をつくして共生の場を築くのである。小川にはそれがなかった。

丹羽正は小川との共生を強調するが、それは丹羽の小川に対する思いいれ（『小川国夫の手紙』麦書房参照）にすぎなかったようにおもえる。

わたしも年譜制作、聞き書き評伝の執筆など小川から頼まれてやったが、周囲の人からの取材に神経を苛立たせてわたしとの関係を断ち切ろうとしたり、そういう態度でいながら出版社からの依頼で年譜など必要が生ずると声をかけてきたり、と翻弄された。

小川のこの時期の加仁にたいする放逸は、旧制静岡高校時代からの親友丹羽正にも向けられている。

丹羽が小川との交流を手紙形式で書いた『魅せられた魂』には以下のように書かれている。

> ぼくは同人雑誌を創めるという計画を、胸中に秘めて、すぐには君に打明けようとはしなかった。君はフランクな人間では決してなかったからだ。君の心の中には天邪鬼の精神が棲みついていて、それが韜晦趣味の形をとって現われることもあったし、君自身にも歯止めが利かない躁に近い上機嫌な諧謔を発散させて、君の本心を蔽い隠してしまうことも、しばしばぼくは身をもって経験していたからでもあった。そうなると相手は混乱の渦に巻き込まれてし

まって、対処する術を喪ってしまうのだ。それを小川国夫に於けるデモーニッシュなもの、と称んでいいかもしれないね。君が分けへだてなくなくつき合えるのは庶民に属する人たちだったし、そういう時には不思議な程、君はフランクで、天真爛漫な人間になれるのだ。

また、同書の同人誌創刊の相談をする場面では、

君の反応は、ぼくが半ば予期した通り、曖昧だった。ぼくの計画に、君は賛成もしなかったし、反対するという口振りでもなかった。一口で言えば、態度を保留するという風だった。君の本心は、先に書いたような君特有のデモーニッシュな天邪鬼の精神の霧に包み込まれて、見通す術は全くなかった。曖昧な中立の精神、これ程相手を戸惑わせる態度はないだろう。（中略）君が内心何を考えているのか、それをたやすく忖度することは、いつも難しかった。君は懐の深い人だ。そして警戒心が人一倍強い人だ。慎重な人だ。時として歯がゆい程、因循な内面葛藤に絡め取られて、身動きのとれなくなる人だ。本多秋五さんが君のことを〈大きな無意識の塊り〉と称んだのも、そういう君の天性を衝いた名言だ、とぼくには思える。

パリ大学留学中にはそれが画家の野見山暁治にむけられていた。野見山はまといつく小川に辟易したパリでの体験を「留学生のころ」（『四百字のデッサン』河出書房新社）、「誰がメシャンか」（『みんな忘れた——記憶のなかの人』平凡社）に、講演を頼まれ藤枝を訪れたときのことを「ぼくの愚痴」（『署名のない風景』平凡社）に書いている。「ぼくの愚痴」では〈この人がモノを書くのが、不思議でならない〉とまで書いている。〈……そういう工合だから、会って嬉しい、と

いうことにはならない。それなのに連絡があれば、何となく気になって……〉とうんざりした実感をこめて書いている。

小川は人を見て無頼漢と聖徒を使い分けていた。困ったことにそれは、意識的無頼漢であり、意識的聖徒だった。

マタイ伝27：16、17における〈バラバ〉、取り分け、F・ラーゲルクヴィストの『バラバ』、極悪人といわれ、民衆の要求によってキリストの代わりに赦免された人物……その無頼……。

『バラバ』の訳者、尾崎義は同書の解説に以下のように書いている。

〈信ずることのできない、愛することのできない――それがバラバの悲劇の性格であると思われる――彼バラバとは対蹠的な一団の信徒たち、ときには外的な力によってただ引きずられていくに過ぎないかのような彼らが、愛の教えを、よしんば盲目的にもせよ信ずることによって、そしてその信仰の力によって、結局は初代キリスト教の土台が築きあげられた、というラーゲルクヴィストの見かたは肯定されうるのではあるまいか。／それではバラバは一体誰なのか？　それはとりも直さず近代人一般にほかならないのである。ときどきのエクスタシィにしか信仰がもてない、そして絶えず信仰を裏切り、否定しようとする近代人、信じようとして信ずることのできない信仰を求める近代人なのである〉

小川はこの人には迷惑を掛けても大丈夫だと思えば手加減なくしだれかかっていった。それは多分、小川自身にもどうにもならない内奥の気象によるものだったのだろう。そうでありながら困ったことに、それは邪心のある意識的天の邪鬼とでもいいたくなるようなものとしてあらわれるのである。

E・A・ポーの「黒猫」の語り手〈わたし〉の意識の在りようは、小川のわたし（年譜、評伝を小川に頼まれ書いていた山本）に対する天の邪鬼に酷似している。ポーは天の邪鬼というとらえどころのない厄介な人間の心性を主眼に「黒猫」を書いている。以下はその一節である。

〈プルートー（ギリシャ神話における死者の国の支配者ハーデースの別名）というのがこの黒猫の名前であり、彼はわたしのお気に入りのペットにして遊び相手となった。（中略）黒猫との友情は何年間も続いたが（中略）……悪い方向へ変わっていった。（中略）苛立ちが募るばかり。かてて加えて、絶体絶命の破滅をもたらすかのごとく、「天邪鬼」の心が頭をもたげてきたのだ。この心に関する限り、哲学は何も説明してくれない。とはいえ、自分の魂が生きているのが確実だとするなら、天邪鬼こそは人間の心を司る最も原始的な衝動のひとつだ―と人間の人格を導く分割不能な基礎能力ないし情緒のひとつだと―いうことも確実なのではあるまいか。人間は、何かを「してはいけない」と熟知しているからこそ数限りなく最悪なる行動に出てしまうのではあるまいか？（中略）かくして天邪鬼の心が、わたしを最終的に破滅させるべく芽生えてきたのだ。（以下略）〉

（「黒猫」巽孝之訳・新潮文庫）

世に出てからの読者のまえの小川は聖徒を演じつづけていた。

小川文学はこうした複雑な葛藤を内包した心性から発せられた文学である。主題を前に彫琢をきわめるのはそのためであろうとおもわれる。

複雑な葛藤、その正体は明確には見えてこない。が、見当はつく。それは弱さをよりどころとする一種の道化ではないか。弱者の心性を隠蔽して自分の外に堅牢な作品という世界を構築してみせる。それが小川の小説作法の根幹にあったのではないかとわたしは思っている。

居酒屋おかめでのてんまつは駿河湾西岸文人風狂事件と口さがない連中によってさわがれた。この事件がおこったころ、一章もわたしも文芸同人誌『椅子』の同人だった。そして、一章とわたしはそれぞれの会社でリストラのあやうい立場になり、きびしい毎日をおくっていた。とくに一章は酒をのむとあれるようになり、人にからんで痛めつけたり痛めつけられたりしていた。そしてついにわたしにまでからんできて、深夜の裏町でとっくみあいの大喧嘩となったのである。

赤提灯おかめ、ここには昔懐かしデンキブランなどもあって、壁や天井には戦前戦後の映画のポスターがすきまなくはってある。洋画邦画を問わず映画のことならなんでもしっている空手五段の店主がギターで客のもてなしもする。もっとも、このギターはひどい自己流で、音階はたどっていても音楽性などおよそ感じられない騒音に近いものだったが。

威勢のいい店主はギターのあいまには大声をはりあげてあるきまわり、拍子をとるように注文をとる。いつものことだが客は酒のテンポがはやくなる。ギターにあわせて歌う者はいいが、飲みまくって酔うものはどっぷり酔いつぶれてしまう。

　わたしたちも初めのうちは中央誌の作品をさかなになごやかに飲んでいた。

　やがて酔いがまわってきて、一章が親しくしている女性を電話でよんだ。そしてその女性が店へ顔をだしたとたん、一章はやにわにたちあがり、わたしの胸元をつかみ、

「おめえはバカ野郎だ……、小川国夫に寄りかかって」と叫び、組みついてきたのだった。

獣の皮をかぶったドサまわりの大根役者よろしく。牡の獣が牝のまえで力をみせつけ従わせるために演技する、あの手のいかさまサドである。

　わたしが年譜や評伝をやることでなめている苦汁は、やったことのない者にはわからないとしかいいようのないものだった。一章ごときにあれこれいわれるような次元の問題ではない。言葉でわからせることができるようなことではなかった。

　しかし、そこにはぐあいのわるいことに苦汁ばかりではなく、ときに孤高の文学者の文学的世界にかかわっているという、一種、蜜のようなまやかしもまた味わうことがないわけではなかった。たぶん一章はそこをついて「寄りかかって」といういいかたをしたのだろう。

　結局、芳生がわってはいって一章をつれかえり、翌日、一章はふつか酔いの泥酔状態のまま車を運転し、芳生にいわれたから、といって詫びにきたのだった。

わたしは彼を赦した。

しかし、彼からうけた心の傷はいやすことができなかった。真摯にやっていることを真正面からあげつらわれ否定されたからだった。わたし自身、小説だけを書いていたころにくらべて、思考が事実にかたより、ごく自然に観念語がでてきてしまう自分に手をやいていたのである。

そんなことがあったあと、一章は酔って道端にすわりこみ、ぼおっと人のうごきや街のようすをみていたり、わたしにたいしても、会社を首になったらときどきこうやって道端にすわって二人で酒を飲もうなどとしきりにいった。そして、やがて、

「あんたの弔辞はおれがやる」などというようになっていった。

それからしばらくして、わたしは会合があって一章と駅で待ちあわせをした。

一章はすこしおくれて駅ビルの商店街裏のくらい通路を、広場へひきだされる闘牛の日の牛のような目をしてでてきたのだった。そして、

「十分ぐらいまえに着いたけれど、洗面所で顔をあらっていた。電車の窓からそとの景色をみていたら、ふとあんたが死んだらどんな弔辞をやろうかというおもいが浮かんできて、考えているうちに涙がとまらなくなった。人がみるのでみっともなくて、電車をおりて洗面所へかけこんで顔をあらってきたんだ」といった。

「おれが死んだらか」わたしは笑ってしまった。

「うん」一章は真顔だった。

わたしは、電車のつり革にぶらさがって線路わきの雑草や、遠い山や道路をはしる車などへ目をやりながら、わたしの弔辞を考える一章を目のおくにおもいえがいた。

バカ野郎、リストラごときに怯えやがって。テメエが死んでしまえ。

「おれ、山さんが死んだらほんとうに弔辞やるからな」一章は確約するようにいった。

「勝手にしろ。おれはそんなものは聞いてやらねえ」

「だからさ、おれが死んだら山さん、おれの弔辞をやってくれよ」

どんな予感があったのだろう。あんたが死んだら、おれが死んだら、などとしきりにいっていた一章は、春になるまえに引いた風邪がなおらないなどといっているうちに、ふっと喉頭癌で死んでしまった。

しかし、一章が死んでも、わたしの心を傷つけた「だから駄目だっていうんだ」というあのときの彼の声は、あの浅黒いいかつい漁師のような顔とともにわたしのうちに残ってしまった。


一章がいったように、わたしはあるじき以降、小川国夫の年譜制作と伝記的評伝を書くために、小川の日常の消息だけをひたすらおいつづけてきたのだった。

年譜や伝記のような想像を一切排除して事実だけをあんでいくようなたぐいのものは、その人の生前の活躍がさだまり、もうどんな新しい消息も出現しないという状況なら、動かない過去の事実をほりおこすだけですむが、現役作家ともなれば日々活躍はつづいていて、消息自体生き物のようにうごいている。いっときも気をぬくことはできないのである。だからこうしたことにいちど手をそめたら、それをなげだしてしらん顔をする勇気がなければ、作家のつぎつぎにわきあがる新事実というものといつ果てるともない格闘をつづけていくことになる。わたしは罠にかかった獣のように混乱していた。

『静岡作家』同人の谷川昇とわたしは、ある日、偶然、焼津駅で小川と加仁がつれだってくるところへいきあわせた。日は落ちてもう暗くなりはじめていた。

「やや、まずいところで出くわしたな」

わたしたちは同人誌の会合を港に近い船員宿でおえて、静岡へ帰るところだった。

逃げたいが、逃れるすべはない。すぐに飲もうということになり、四人で磯料理の黒潮という店にいき、そのあと幾軒かのハシゴにもつきあって深更になった。

谷川は高校教師で英語を教えていた。早く帰りたかったところをひきとめられたので、ずっと落ち着かない、引きずられるような酒の飲みかたをしていたが、とうとう我慢できなくなって、

「明日、勤めがあるからさきにかえる」といいだした。

「勤めなど気にするな。いいから飲め」と小川も加仁もいった。

谷川はこまって、二人に調子をあわせながら、うまくぬけようと冗談をいいながら腰をうかせていた。それをみて小川は、

「酒を飲むのに時間を気にするようなやつは文学をやるな。よせよせ、帰れ」といった。

谷川の顔が一瞬ひきつった。それから、しずかに席をたったが、そのままの姿勢で、しばらく無言のまま棒立ちになっていた。場の空気が凍りついた。やがて、谷川は財布からいく枚か紙幣をだすと、それをテーブルにおいて帰っていった。

わたしはとりのこされ、帰りそびれて頭をかかえた。わたしだって明朝は会社にでなければならない。しかし「帰ります」とはいえなかった。

だまってトイレへたつようなふりをしてそっと裏口からでた。そして、背をまるめて駅へいそぐ谷川をおいかけたのだった。

谷川は小説「出発」で県芸術祭知事賞を受賞していた。この小説を書くまえは詩を書いていた。その後、Ｅ・Ｅ・カミングズの詩の翻訳をやり、俳句に向かうが、書くものが順次かわっていったということでもなくて、これらを気のむくままにやっていたという印象が強い。

彼のカミングズの訳詩は『カミングズ詩集』藤富保男訳編（思潮社）に収められている。ちなみにこの詩集の訳詩者は、藤富保男、谷川昇のほかは伊藤整、鍵谷幸信である。カミングズについてはこのほかに私家版『カミングズをどうぞ』（一九九七年）を刊行している。教師らしいところない、飄々とした好人物だった。

小川はリアリズム作家だが、いわゆる私小説的リアリズム作家ではない。しかし周辺の同人誌作家たちはそのことをきちんと認識していなかったようにおもう。

小川は『アポロンの島』後記に自分の作品を解説しているが、そこには〈半自伝的小説〉というふうに書いている。そして〈自伝を丹念に書けば、書くことは決して尽きることはない〉とも書いている。こういうことがあるいは誤認を生じさせていたのかもしれない。

小川は自作にふれて（「インタビュー」『一房の葡萄』）こんなふうにいっている。

> たとえば『速い馬の流れ』『人隠し』『解らない道具』『相良油田』『修道士の墓地』などの作品で書いたことは、『黒馬に新しい日を』と同性格のものだと思っています。いずれも〈疑い〉ということに主眼を置きました。理由のない〈疑い〉に対応する事実を小説としてでっち上げてしまうのです。そうして、人間の意識の非条理な動き方をクローズ・アップするという考えなのです。

このように小川のリアリズムは体験の場に生じた〈疑い〉から想像力を働かせ実体をつくりだすという方向にはたらくのである。そしてその過程にあらわれる「意識の非条理な動き方」を見極めることによって、人間の本質を見極めようということなのである。加えて小川はその本質を暗喩によって示すという手のこんだ手法をもちいている。

小川の周辺にあつまる同人誌作家は、実態があってそれを説明するという次元の小説を書いていた。物語である。そして、小川文学もそのようなものであろうとして読んでいたようである。当然のことだが核心を読みとることはできない。皆いちように小川文学をまえにして浮きあしだっていた。とまどい、混乱をきたしていた。

中里介山の終わりのない大長編小説『大菩薩峠』や、深澤七郎の『楢山節考』を読んで土俗的フィクションを書いていたわたしは、その世界にとどまっていたあいだは創作のうえではむしろ小川の影響をあまりうけないほうだったともいえたが、小川から頼まれてはじめた年譜や伝記的評伝の執筆によってやがて〈事実〉という厄介なものにしばられ、想像力をふうじこめられる苦しみを味わうようになる。

夜もかなりおそい時間に自宅の電話がなった。

「県文学連盟の有村英治といいます。小川国夫さんからご紹介をいただきましてお電話をしましたが、こんど文芸同人誌をはじめることになりましたので、ご参加いただけないかとおもいまして」低くおさえた暗い声で、うす気味わるい感じだった。

小川からあらかじめ聞いていなかったら断っていたかもしれない。あとで知ったことだが、有村は静岡市郊外の山腹にある禅寺の住職で、書斎には庫裏につづく部屋をあてていた。山の自然木がそのまま庭木になっていて、そこにいると日中でもめったに物音をきかない。夜はそこにこもって小説を書いている。そういう静かな部屋からの電話だったのである。彼としては普段どおりの声ではなしたのだろうが、受話器からは一種妖気のようなものがたちのぼってくる感じだった。

彼は創刊準備のための会合の場所と日時をいって電話をきった。むだな言葉は一語もなかった。どういう作品を書いているのか、というような質問もなかった。そういう話がでればわたしからもどんなものを書く人達のあつまりなのか聞いてみたかったが、そういう情報ももたらされなかった。しかし、そのことがかえってわたしを招かれるままに初対面の人たちだけの会合へむかわせたのかもしれない。

その日、わたしは指定された会合の場所である静岡浅間神社まえの公民館へでかけていった。お堂を改築したようなところで、木製の階段を幾段かのぼる。部屋のなかには大きな賽銭箱がおかれていた。

『静岡作家』というのがその同人誌に命名された誌名だった。いまその創刊号に載っている同人をみると、岩崎芳生、谷川昇、臼井太衛、川崎正敏、多々良英秋、山本恵一郎となっている。

わたしに電話をくれた有村は創刊準備の会合のあと幾日もたたないうちに、深夜スクーターで帰宅途中、道端にとまっていた大型トラックの後部に衝突して死んでしまった。四二歳だった。

その日、有村は芳生と山小屋という居酒屋で飲んでいた。

小川国夫もほかの仲間とそこで飲んでいたらしい。

小川はその頃は『青銅時代』と『近代文学』だけが発表誌だった長く苦しい時代からようやく

ぬけでて、「悠蔵が残したこと」を『審美』に、「河口の南」を『中央公論』に、「海からの光」「ゲヘナ港」を『群像』にというように商業雑誌へ発表しはじめていた。

懸賞小説第〇次予選通過というようなところをやっている有村には屈折する思いもあったのだろう。小川とのあいだにちょっと激しい、文学論ともいえないやりとりがあったらしい。

有村は「帰る」といって山小屋をとびだしていった。

気短な有村が急発進させようとするスクーターのスターターの音についで、タイヤが路面をこする摩擦音が悲鳴のように聞こえたという。そして、じきに通りが騒がしくなって、芳生が店の前に出てみると、四、五〇メーター先の神社前の道端に駐車してあった無灯の大型トラックの後部に有村のスクーターが突っこんでいたという。

有村の書斎には蓋のない文庫二つにあまる原稿がのこされていた。まだペンネームをきめかねている様子のみえるもの、タイトルのわきに「雑誌〇〇懸賞応募第〇次予選通過」などと書かれたものなどもあった。

有村は背たけこそ芳生とかわらない小兵だったが、ほかの者とは骨格がちがっていた。眼光の鋭い、どこか切れ味のいい刃物のような感じの人だった。戦時中は航空隊に志願して偵察機にのっていたという。そして戦後は、剣道五段の腕をかわれて殺陣師として撮影所にいたと。寺の長男だったので年老いた父親から寺をつぐようにいわれ、修行僧として鎌倉の寺にはいり、その後、静岡にもどって寺をついだが、住職になってからもいくつか派手な武勇伝をのこしていた。ダンスホールでやくざ者と立ちまわりをやって叩きのめした、というようなことである。おもしろい人物らしかった。一緒にやってみたかったが残念なことだった。

有村は『文芸静岡』一五号に修行僧を書いた「門宿」を発表している。

修行僧たちはたいがい自坊をつぐための資格を取得するために僧堂にきている。信仰心からの修行ではない。粗食、托鉢に疲れ、寝不足、ふくれあがる性欲、妄想、……。やがて、かくれてタバコをすい、托鉢の米をぬきとって食い、自慰にふけり、夜、僧堂をぬけだして酒を飲む。そして、門宿……。

有村はここで、僧門と娑婆のあいだでゆれうごく青年のすがたを執拗に書いている。日記体ではないが、冒頭、修行僧の日記、と記しているところをみると、修行僧時代の日記にもとづいて書いたものかもしれない。

自坊でおこなわれた有村の葬儀にいくと、小川がひとり芝庭の片隅にたって苔むす石仏をみつめている。

わたしはそばへいって挨拶をした。

小川は顔をあげずふりむきもしない。石のように硬くなって立っている。

わたしは『静岡作家』の同人や県文連の仲間たちがかたまっているところへもどって、気になる小川をちらちら見ていた。

小川は胸中に去来するものがあったのだろう。微動もしないで立っていた。ひとりの文学ジャンキーの唐突の死に、はからずも関わってしまったことについてなにごとか思うことがあって、身を硬くし……、ということだったのだろうか。

小川は葬儀のおこなわれているあいだはそこに立っていた、とおもう。葬儀がおわって参列者が山門のほうへ下るときにはそこにはもういなくなっていた。いつ帰ったのか、気づいたものはなかった。

『静岡作家』の発起人は岩崎芳生、谷川昇、有村英治の三人で主宰は有村だったが、年長者の有村が死んでしまったので谷川昇が主宰になった。

最初の会合でもっとも印象にのこったのは岩崎芳生だった。

春のはじめのまだ肌寒いころだったが、色白の小柄な彼はさむそうにひざをあわせて賽銭箱のまえに正座していた。

顔におしろいをぬっていて、ジャケットの襟のあたりにもすこしつけたりしていた。

そのころ、彼はすでに小説では一〇年選手で片桐安吾の名で書いていたが、その名は県内に知れわたっていたし、御器屋巌という駿府城の御用商人のような名前をつかって書いていた時期もあった。「不意に曇の下で」という作品で県芸術祭賞を受賞していた。

最初の会合のとき、わたしたちは地方での文芸同人誌たちあげにあたって心すべきこと、として「文学における地方性」というテーマで話しあった。

わたしは奥伊豆を舞台にした土俗的な小説の話をした。その話にのってきたのは芳生と谷川だった。

芳生はちょっと鼻にかかった女性的な声に力をこめて、口癖の「だけれども僕らは……」を連発しながら、木工職人の話をした。

質問をうけると彼は、女性が媚び恥らうように笑うあの笑いかたで笑って「困っちゃうんだなあ」とか「理屈ぬきの部分でしょ」などと適当にかわして、雰囲気は女性的だけれど場数はそうとうなものだという印象をわたしはもった。

「いずれ木工職人の世界を書くつもりです」と彼はいった。

会がおわってそこから目と鼻のさきの芳生の家へいった。

そこでまた気づいたのだが、奥さんも顔や頭髪に彼とおなじおしろいをふりかけている。めずらしい人たちだなと思って、

「おしろいでしょ」と聞くと、

「あ、これはヒキコです」という。

「ヒキコ？」

芳生は茶の間の障子をあけ、部屋つづきの木工作業所をみせてくれた。

彼はちいさな木工所の経営者だったのである。作業所のなかは機械も器材も材料の板も大量の

挽き粉をかぶって娼妓のように白くなっていた。

芳生の小説はひとことでいえば相聞である。彼は短歌に深くはいりこんだ一時期があった。初期の作品に、親しくなった画学生くずれの娼婦との道行きを書いた「幸子覚書」があり、そこを基盤に時代のなかの身近な人のありようを相聞の呼吸でたどっていく。

「幸子覚書」は根のないつくり話ではない。芳生の激越な離れがたい性欲と恋情の体験が克明に描かれている。心中を覚悟の北陸の町への逃避行は、幸子とのささいな行き違いと、二人を探しあてた父親の登場で幕をおろす。

この「幸子覚書」と空襲体験のふた筋が、芳生が書きつづけた世界だった。

芳生はこの『静岡作家』創刊時、すでに詩中心の同人誌『EX―VOTO』の同人だった。茫博、岩崎豊市、小笠原淳、伊藤勉、加藤太郎ら十名以上の同人のなかで、小説の書き手は芳生一人だった。そういうところにいたので小説の書き手と組みたいとおもって『静岡作家』の創刊にかかわったのかも知れない。

EX―VOTOとはラテン語で祈願のための奉納物をさす。転じて絵馬。創刊号の表紙裏にこんな詩がおかれている。

〈神殿への／奉納物／または絵馬／浮き彫りをほどこした／だが／悪魔へのそれかも知れぬ／あるいは／とりわけて人間への〉。

そして〈編集ＭＥＭＯ〉には以下のように書かれている。

〈人間たちが自ら生きようとするには、支離滅裂への積極的な転身しかない。(略)私たちは、著しい弱点を内包したまま出発する。(略) 近年、文学の同人といっても、ばかにギシギシとした硬さが目について、血の通いが乏しい。忘れられた文人気質に活を入れ、ワイワイガヤガヤの騒ぎの中で、人と人のめぐり合いにハッと己に気づいていく作業をやらねばならない。私たちに清く正しく美しい姿勢はいらぬ。優等生とか一流文学とかにも無縁でありたい。あくまでも、只の人間になり切ろうとするところの文学でよい。みっともなく生きることに徹する道を歩んで行きたいと思う〉。

この詩誌の中心人物である茫博が書いたものだろう。

しかしこの『EX—VOTO』の発行人は最年少の岩崎芳生になっている。発行所も芳生の自宅になっている。どのような事情があってのことだったのだろう。

臼井太衛との初対面はたしか二回目の会合のときだったとおもう。

彼は農民詩人で、この時すでに黒田三郎、黒田喜夫、松永吾一らと親交があった。

藤枝の山林を幾山も所有する豪農の長男で、何不自由ない暮らしをしていたが観念形態は左翼で、そのせいかどこか人生を趣味的に生きている人のようにみえた。話術も文体もすでに土臭い独特のスタイルをきずきあげていた。

臼井は「山草と廃屋」で六八年度県芸術祭創作部門奨励賞を受賞している。〈山草〉とは杉や檜などの植林地にはえる下草のことで、山草を刈るといえば植林地の下草を刈ることである。〈廃屋〉とはここでは、病気で働き手をうしない、屋敷を売って町へおりた家族〈「ほろじ」の衆〉が集落にのこした家のことで、もう朽ちかかっている。

主人公衛は蜂に刺されたり、蛇の交尾に出会ったりしながら下草を刈るが、頭はいつも、その廃屋を記念碑として遺したい、という思いのほうへ向っていて、教育委員会に働きかけたりするが相手にされない。そんな山峡の日々の暮らしと、次第に変わっていく農家のようすが、汗と土のにおいのする生き生きとした文体で描かれている。

しかし、彼のこころを揺さぶるのは、こうした旧家の内における長男としての心労や、住みなれた集落への愛着ばかりではない。時代の風にあおられて左翼思想に目覚めたとき、同時に自分が、生活に不安のない資産家の長男であることにも気づくのである。相互に矛盾するふたつの命題が同等の重みで、この瞬間、彼の肩にのしかかったことを意識する。

彼は山形の真壁仁の『地下水』や、九州の谷川雁の『サークル村』を意識して、農民文学同人誌『村の地下茎』を創刊し、村と農民の影の部分にきりこむ文章を発表したりもする。詩集『躰が軟便になってゆく』の奥付には、経営規模・みかん一・五ヘクタール、茶一・〇ヘクタール、筍〇・五ヘクタールと記しているが、広大な植林山をあえて隠したこのような記載にも、農民運動家にして持つ者の含羞をみることができる。

小説「山草と廃屋」を書くまえの彼は、農民詩人として、谷川雁、黒田喜夫、井上俊夫らの詩誌『民族詩人』に参加、同人として農民詩を発表していた。

左翼思想と資産家、この二律背反に苦しむ臼井の胸中は、意外なかたちでさらけだされる。農業委員会の役員選挙に革新派からおされて立候補するが、選挙前に神経に異常をきたし、神経科医院に入院させられるという出来事があって、なすすべもなく落選するのである。このことを彼は「雀のいる病舎」という作品で書いている。

その後『静岡作家』二号に「暗闘」を書くが、そこでは〈衛は社会主義思想らしきものをのぞけば、村では期待された人間だったのだ〉と、深い傷をおった青春をふりかえるのである。

川崎正敏は明大の学生時代、小説が書きたくて港の酒場で小川国夫と加仁阿木良にちかづき、はしご酒のお供をしているうちにけしかけられ、大学を休学して遠洋漁業のまぐろ船にのりこみ、二年間甲板漁師として世界の海と港を経験していた。

「鮫の腹をさいたらいろんな魚がまるごとドバッと甲板へとびだして、なかには生きているやつもいた」などという話にはひきこまれた。

彼は中学校の国語教師だった。

アメリカのビキニ水爆実験によって、死の灰の被害をこうむった第五福竜丸の乗組員を書いた「閃光の海」は記念碑的作品である。

多々良英秋は地方公務員だった。彼もそうとうの書き手だったが、創刊号へはあまりできのいい作品は持ってこなかったのだろう。谷川に返却されて以降はでてこなくなった。

　こうした顔ぶれが創刊同人だった。

『静岡作家』創刊号のための原稿をもちよる会合は、ちょうど桜が散りおわるころの夜、谷川昇の自宅でおこなわれた。

　最初の会合をやった神社のまえの公民館ではお茶の用意もできないし、そこで夜やるのはちょっと寒いからというようなことだったとおもう。八畳の部屋でかべによりかかったり、ねそべったりして話をした。

「一番茶の最盛期だが、きのうは雨がふったので町へでて『文藝』を買った。深沢七郎と井伏鱒二が「自然と文学」という題で対談している。おれは深沢がすきだ」と臼井は山中にいるような大声ではなす。

「おれも好きだ。深沢も井伏も」とわたしはいった。

　わたしは中里介山と深澤七郎の世界をふまえて、東京大空襲のあと疎開した奥伊豆を舞台に土俗的な小説を書きはじめていた。

「深沢はすごいよ」と谷川も同調する。

臼井はごろりと一回転畳のうえででんぐり返ってわたしと谷川にちかづき、

「うれしいなあ」と二人の手をにぎってふりたくった。

『静岡作家』はどのような文学に影響をうけた者たちの集まりだったのだろう。

皆、一応は批評力の鋭い野間宏、埴谷雄高、中村真一郎らの戦後派文学は読んでいたようだ。しかし、もはやその感触にはなじめず、ある者は永井荷風に、ある者は川端康成に、ある者は井伏鱒二に、ある者は志賀直哉に、というふうに戦前の文学に遡行して親しんでいた。

わたしの読書は八歳までいた東京本郷に縁の作家たちから始まり、中里介山の終わりのない大長編『大菩薩峠』から深澤七郎の世界に読み遊び、『静岡作家』に参加する頃は小川の初期作品やヘミングウエイを楽しんでいた。


谷川から同人規約の案がしめされ、参会者の賛同をえて決定された。

毎月一回、同人会を行う。雑誌発行は原則として年二回とする。原稿の採否は編集委員会にて決める。同人費は月額千円とし、発表原稿が三十枚をこえたときは、十枚につき千円を追加徴収する。

編集は当面、谷川と芳生があたり、次第にひろげていくということで全員が了承した。

「ああ、小説でめしが食えるようになりたいよ。小川さんが目標だな」と芳生はいった。

「すごい人が近くからでたものだな。とても小川さんのようにはなれないだろうけど、なんとか小説で世にでたいものだ」と谷川も芳生に言葉をあわせる。

わたしははじめての会合の日に、芳生の自宅によって彼の小説が掲載されている『EX―VOTO』をもらっていた。そこに載っていた彼の「幸子覚書」という作品を読んで、この人はこのままでも読み物作家として出ていける人だろうと思っていた。それをいうと、芳生は、

「そういうものでは書いてみないかという誘いはあったけど、やはり文学をやりたいから」と贅沢なことをいうのだった。

芳生もまた小川文学に衝撃をうけて、呪縛にあっているひとりだった。

『静岡作家』創刊号はその年の夏（六九年八月一五日）に発行された。

六四頁の薄い雑誌だったが、おもわぬ反響があった。

わたしの「勝造の神さま」が『文學界』一一月号の同人雑誌評で、冒頭の一頁をついやしてとりあげられたのである。評者は駒田信二だった。

「作者はその勝造の足音や息のはずみから、田園の風の音までひびかせることのできる軽妙な文体を持っている」という過分な評価だった。

久庭行人が「メリークリスマス」の原稿をもって芳生をたずね、同人に加えてもらいたいと申しでるのは『静岡作家』の創刊号がでた直後である。

芳生は原稿をあずかり、谷川に読ませ、賛同をえて同人として迎えいれることになった。

「メリークリスマス」は二号に掲載された。

ここには自衛隊で暗号教育を受ける新入隊員の〈私〉と甲州という隊友の、自由と束縛に対する対照的な想念と行動が描かれている。

衛兵のいる塀のなかの生活は〈私〉に自由な世界へ解き放たれたいという思いと同時に〈束縛された不自由のなかに楽しみや悦楽があるように〉も思わせるが、甲州はあくまでも自由を満喫したいと思っている。その甲州にホモセクシャルなものを感じる〈私〉は、彼への接近をこころみるが距離はちぢまらず、やがて甲州は脱走事件をおこして除隊していく。

つづく三号に発表した「蛾群の美俗」は、精神を病み病院で薬をもらいながら絵を描く青年画家の過剰な性欲を、禁欲と快楽の相克という構図で描いている。同性の肉体への憧れと異性のそれにたいするおそれ、生活の現実になだれこむ妄想、それらのあやなす混沌が濃密な文体で描きだされていく。

久庭のこうした世界が読者をひきつけるための興味本意の作りごとでないことは、『文芸静岡』二九号の「病棟一三号室」や『プラタナスは風に揺れて』(風塵書房)を読めばわかるはずである。彼の文学は眼前の現実を異界にしてしまう妄想の海をのがれて、正常な自分をとりもどすための自己摸索の文学である。

〈ぼく〉は精神の異常と重い喘息のために、合併病舎〈病棟一三号室〉に入院させられる。合併病舎とは精神に異常をきたし、内臓にも疾患がある患者を収容するところである。

ここでの彼は、自分を溺愛する母を怨みながらも愛していて、離れられない、マザーコンプレックスの青年の苦悩を描いている。

これは虚構ではない。久庭が自分を正面から描いた自画像である。

そこは共同の部屋で、夜になると元気になる〈夜の男〉といわれる少年と、死期まぢかいMという重症患者がいる。その尿の臭いのこもる部屋のベッドで〈ぼく〉は母に犯される夢をみる。

不思議なことに、そのときから〈母という夜の幻影の海を漂い惑溺してしまった己の姿〉がみえてきて、〈ぼく〉は母を恐れなくなり〈潮の香りと朝の光のなかで、生きることを熱望する自分を見だす〉のである。

『プラタナスは風に揺れて』は〈母が死んだ時、自分も死んだと満は信じ込んでいた〉という一行からはじまっている。

満は葬儀に集まった人たちのよそよそしい態度にいらだち、自棄的行動をつのらせる。人は去り、たった一人になった彼は、家で〈彼自身〉を運んでくる救急車の到着をまっている。やがて救急車が到着し、筋骨たくましい男たちによって、玄関の上がりかまちに荒々しく〈彼自身〉が置き去りにされる。満はその〈彼自身〉にむけて拳銃の引き金を引く。

久庭はときおりふいに豹変することがあった。

「おれは明治天皇のご落胤だ」などといいだすこともあった。怒りだすと際限のないところがあった。

『文芸』編集長の寺田博に原稿を送って、この時には採用されなかったが、芥川賞にむけて書け、とでもいわれたのか、もう芥川賞をとったような気持ちになり、仕立て屋にいって表彰式に着ていくど派手な金ぴか入りの洋服をつくり、寺田のところへは毎日幾十回となく電話を入れて芥川賞はまだかといいつづけ、わたしは困り果てた寺田が警察に相談しようかと悩んでいると聞いたので、久庭に電話をかけて、いいかげんにしろ、といってやった。それで正気にもどったのか、寺田への電話はおさまったのだった。

後日、寺田が藤枝へ来たときにその話をすると、久庭からの電話には悩まされたが、あるときふっと来なくなったので、不思議に思ったり、次の展開を恐れたりもしたが、そうだったのですか、といっていた。久庭はおもしろい男だった。

久庭はビヤホールで小川と出会い、その時はどんな話をしたのか聞かなかったが、数日して久庭が小川家を訪問し、

「おれは小川さんにノーベル賞をとらせる。絶対にとらせる」と、ストックホルムのノーベル賞選考委員のなかに知り合いがいるような話をして、こんな話を信ずる小川も信じがたいことだが、小川はすっかりその気になって、ノーベル賞が眼前にちらつくようになり、うきうきとわたしにその心中を話したりした。

久庭と小川の交流にそのさきはなかったが、両者をよく知っているわたしはそのさきの展開を

みたいとおもってしばらく楽しみにしていた。

　わたしの友人の青垣保信という男が、酔っぱらって小川に梅原猛との対談をくみたいがいいか、承知してくれるなら梅原に電話をいれる、といったときにも久庭のときと同じような展開になったのだった。

　青垣は土建屋だが、写真が趣味の梅原猛好きというかわった男で、ホラ吹きだがそれがたいそうなホラなので、誰にもすぐにそれとわかって面倒が起きるようなことはなかったが、小川は信じて梅原との対談を待って身構えるように幾冊か本を読んだのである。この件の結末はやはり酒席で、小川が蒼白になって震えながら青垣を問い詰め、つるしあげて幕となったのだった。

　小川の周囲にあつまった文学好きだけがジャンキーのわけではない。小川もまたジャンキーなのである。


『静岡作家』三号からはもう一人、狩野幹夫が同人にくわわる。

狩野は「ことづけ」という原稿をもって、谷川を訪ねてきた。

狩野は画家だが「友へ」という作品で県芸術祭創作部門奨励賞を受賞した。

作品は書簡体の告白文で、独自の絵画言語がみつからない画家の苦悩を、その重い内容とは逆の軽妙な文体で書いたものだった。この時の表彰式は県民会館でおこなわれた。

　その表彰式のあと、檀一雄と小川国夫の記念講演があった。

檀は黒い中国服で『夕日と拳銃』の舞台、中国大陸遍歴の旅と馬賊の話を、小川はフランス留学時に訪れた南仏エクス・アン・プロヴァンスの風景とセザンヌの絵などについて話した。

そして小川は最後に、期待できる県内の同人誌として吉田知子の『ゴム』、島岡明子の『紅炉』、そして『静岡作家』を紹介したのである。

セザンヌに傾倒していた狩野は、小川の話に感動し、そこで紹介された『静岡作家』に作品を発表できればと思い、気分を高揚させて谷川を訪ねてきたのだった。

講演のあと小川は、檀を案内して市内七間町の店にワインを飲みにいった。

檀はそのとき『火宅の人』を書くための場所探しをしていて、フランス帰りで地中海沿岸もあるいている小川に、ヨーロッパに好い場所はないか聞いていた。

檀はポルトガルのサンタクルスに家をかりて、そこで『火宅の人』を書いた。

わたしは友人とポルトガルを旅行したとき、檀が『火宅の人』を書いた家を見に行った。

こじんまりした洒落た感じの白い家だった。

ヨーロッパの西の端のここでは、夕日が海に赤く燃えながら落ちて行く。

白い家をでて注意深く下を見ながら少し坂を下る。犬の糞がいたるところに落ちているからだ。

檀が毎夕、ワインを飲みによったという小さな雑貨屋のまえを通り、大西洋が眼下のひろがる崖のうえにたつ。

その崖のうえの広場に、檀の滞在を記念する、太陽をかたどった赤褐色の円盤型の石の句碑が

建てられていた。そこには、

落日を拾いにゆかむ海の果て

という檀の句が刻まれていた。

大阪の湯川書房が、小川の『闇の人』の豪華限定本を刊行した。和紙に透かし漉きのタイトルのある本皮表紙のすばらしいできばえの本だった。七〇部限定で一冊一万七千円。当時としては値のはる本であった。

わたしは初めそんなに高価な本になるとは思わなかったので、小川のところへ遊びに行ったときに「わたしの分も一冊」とお願いした。

「湯川氏に連絡しておきましょう。が、山本さんも葉書をだしておいてください。湯川さんはこういうことをはじめたばかりの方だから、手紙は励ましになります」と小川はいった。

本は予定をはるかにおくれて、七一年三月にできあがった。印刷職人が体をこわして寝こんだのだそうである。

二月中旬に湯川書房から葉書がきた。それには二五日までに送金してくれた人を対象に配本すると書いてあった。

安サラリーマンのわたしは生活にほとんど余裕がなかった。二月二五日までに一万七千円はとても用意できない。それでもその本は欲しかった。

早速、小川に電話をした。

「必ず購入しますから、代金はあとでもいいように湯川さんに話していただけないでしょうか」

直接湯川書房にかけあっても、信用されないだろうと思ったからだ。

小川はすぐに連絡をしてくれ、湯川が藤枝へくるときに本を持参し、代金と引き換えにもらうということになった。しかし、その後もわたしは金の工面ができかねてぐらついていた。

夕方、わたしの勤め先へ小川夫人から電話がはいり、すぐに小川にかわって、

「湯川さんがお見えになっていますが」といった。

わたしはすぐさま会社をとびだし、家によって妻に用意させていた金をポケットに入れ、藤枝へとんでいった。

「山本さんも今度はだいぶぐらつきましたね」と小川は本を手にしたわたしに笑いながらいった。

わたしは苦笑するしかなかった。それで、いくぶん恨みをこめて湯川に、

「この次はもうすこし安くつくってください。小川さんの本は全部あつめているんです」といった。すると湯川は、鋭い目をわたしにむけて、

「一人の作家についてすべてのものを集めるという決心をしたなら、悲壮な覚悟をしなければならないものです。女房を質にいれても、その時に金をつくらなければ手にはいらないとなれば、女房を質にいれることです」といった。

わたしはすぐに会社へもどらなければならなかったので、湯川の迫力にちぢみあがったまま、

代金を支払いいとまごいをした。

小川と湯川は、静岡の駒形にすむ野呂春眠を訪ねたいといい、わたしの車に同乗していくことになった。

桑の実は追憶に満ち赤と黒

石に彫る仏とびちる葛の花

などの句のある俳人である。

『闇の人』の別冊のなかに、野呂が小川文学について書いたエッセイが収録されていた。湯川はその稿料分として一冊進呈するのだというはなしだった。

客間をでようとするときになって、小川が、

「稿料分として一万七千円の本一冊ではおおすぎはしませんか」と湯川にいった。「稿料として七、八千円支払えばいいでしょう」

それから、わたしに同意をもとめるように、

「そう思いませんか」といった。

「そうですね。一冊ですと一万七千円ですからね」と、わたしはたったいま自分が湯川に支払ったなけなしの金のことを思ってうなずいた。

「どうしたらいいでしょう」

湯川はとまどい、ちょっと考えた。そして、

「先生におまかせしますよ。一冊おいていきますから、先生のほうから適当なぶんだけ支払っていただけますか」といった。

湯川は小川に印税分として三冊しか渡していなかった。それからみると野呂への稿料分の一冊はどう考えても過分に思えた。

小川にしてみれば、野呂のとりぶんが問題だというのではないだろう。『闇の人』という自分の作品の価値を、湯川はもうすこし考えるべきだ、といいたかったのだと思う。付録のなかのエッセイの稿料と比較して、ちょっとおかしい、とわたしも思った。

「先生にお任せします」と湯川は念をおすようにいった。

「いや、もう連絡してしまいましたから」と小川はいった。

最前、これからでかけるからという電話をしたときに、湯川がそうしたいといっていることを、小川は野呂につたえていたのだった。

「では、先生の分を五冊ということに」というふうな話になるのかな、と思ったが、湯川はそうはいわなかった。

「どうしたらいいでしょう」とまた湯川がいった。

小川はちょっと気分を害したようだった。

「いえ、どうにもなりませんから」と、毅然とした表情でいった。「しかし、野呂さんはあなたとは肌合いがちがう人ですよ。これからずっとつき合っていく人とは思われませんがね」それから「ではいきましょう」といった。

とどめを刺すといった言葉のひびきだった。

とび石つたいに庭をいき門をでると、旧東海道のとおりをよこぎり、蓮生寺の参道をすこしいって寺の門前を右へおれ、車をとめてある学校まえの広場のほうへむかった。

しばらく誰も口をきかなかった。このまま車へのったらたいへんだ、とわたしは思った。それで、

「小川さんのお宅のところは長楽寺という地名ですが、おむかいのお寺が蓮生寺というのは面白いですね」とつとめて軽い調子でどうでもいいようなことをいった。

「あ、そうですか」と、湯川が音程のはねあがった奇妙な声でいい、その自分の声の調子をおかしがってわらった。

小川もわらいながら、町のいりくんだ地形を説明しはじめた。その声にはもうさきほどのこだわりはみられなかった。

車が宇津ノ谷のトンネルをすぎたとき、小川がいった。

「僕はきのうからちょっと根をつめてやっていたものですから、二八時間一睡もしていないんです。さっき家をでるころが一番つらかったですね。頭がもうろうとして。いまはもうだいじょうぶですが」

ながい時間睡眠をとらないで仕事をしていると、睡魔が波のようにせまったりとおのいたりす

る。疲れてくるとその間隔がせばまる。仕事にくぎりがついてほっとしたせいか、さっきはそのおおきな波におそわれていた、と小川はいった。

「あまり無理なさるとお体にどくです。むこうにつくまですこし目をとじてお休みになっていてください」

「いえ、だいじょうぶです。それにいま目をとじたらそのまま熟睡してしまいますよ」

湯川は大阪で証券会社の課長をしていたが、本がすきで本づくりをはじめ、それがこうじて会社をやめ、自宅で限定本の出版をはじめた。『闇の人』は二冊目の仕事だ、というようなことをはなした。

この人には覚悟がある、こういう人がプロになるのだろう、と思う一方で、わたしは自分の生きかたが中途半端なふがいないものに思えくやしかった。

同年の暮れ頃、小川は集英社から対談集『かくて耳開け』を刊行することになり準備にはいっていた。集英社の担当者は山崎隆芳だった。

小川にとっては最初の対談集である。

それまでに小川が行った対談は「仏教とキリスト教・文学における神の問題」『三田文学』（真継伸彦と）、「夢と現実」『文芸』（島尾敏雄・饗庭孝男と）、「原体験の周辺・文学創造の秘密」『審美』（森川達也・諸田和治と）、「家・隣人・故郷」『文芸』（吉本隆明と）の四つだった。

山崎は単行本にするには本の厚みからみて、もう一つぐらい対談が欲しかったようだ。彼の期待は彼がまだ読んでいない対談が小川のところにあるのではないか、ということではなかったかと思う。

しかし、それがないとわかると、巻末に年譜をつけることを提案した。

小川にはこの時分になると、新進気鋭の作家として熱烈な読者がつきはじめていたが、どういう経歴の作家かというようなことはまだあまり知られていなかった。年譜をつけることには意味がある、と山崎は考えたのだろう。わたしはそうした対談集作りの経緯を小川から聞いて知っていた。

年がかわって、七二年の一月か二月のある夜、いつものようにわたしがふらりと小川家へお邪魔すると、小川は待っていたように、

「対談集の年譜ですが、山本さんやってもらえませんか」といった。

小川の年譜は前年の四月に新井啓子が制作したものが『審美』一三号に掲載され、わたしはそれをみていた。彼女は大学に提出する論文の主部として制作し、写しを小川にもとどけたので、小川がそれを『審美』へ紹介したと聞いていたのである。

「新井さんがやっておられるのではないですか」とわたしはいった。

「彼女は勉強がいそがしくてできないようです」と小川はいった。

新井にやってもらうつもりでたのんだが、ことわられたから、ということのようだった。

わたしは正直なところあまりよい気持ちはしなかった。一度は自分の意思でてがけた学生が忙しいからとことわったものを、どうしてひき受けなければならないのだろう。わたしもまったく忙しい日々をすごしていて、書きたい小説も書けないでいるのに、新しくなにかをやっていく余裕などなかった。

しかし、そうはいいながらも、小川のところへはほとんど入りびたるように訪問していた。約束も予告もしないで勝手きままに訪問していたのである。

家が仕事場の作家にとってさぞ迷惑なことだったろう、といまになれば思うのだが。

「ぼくも一緒にやりますから」と小川はいった。

わたしは、小説が書けなくなった原因は、会社勤めのつまらない仕事にあるとなかばきめつけていた。頭がそちらのこみいったきびしい現実にひっぱられて、虚構の世界を構築できなくなってしまったのだと。現実の侵略に想像力が退却させられたのだと。理性によって創造が粉砕されてしまったのだと。

そんなふうに考えていたわたしは「年譜」ときいたときに、一方ではひどくプライドを傷つけられたように思いながらも、もう一方で「年譜」なら、ただ「事実」を編んでいけばよいだけなのだから、小説を書こうとするときのような会社の仕事との相克はおきないだろうとも思った。「年譜」という「事実」だけの世界と実業の世界は、案外なじむかもしれないとも思ったのだった。

年譜なら小説のような生き物ではないから、書いているあいだじゅう頭のなかにおいて、発酵をまったり変化をみつめたりしなければならないことはないだろう、とも思った。必要なことはノートに記録しておけばよい。役割はそれ以上でも以下でもないはずだ、と。

年譜は事実から想念を発展させてはならないのである。

小説が書けなくなっているときだった。自己嫌悪におちいり、なにか文学にかかわるようなことがしたいという思いがわきあがりかけていたときだった。年譜の仕事をさせてもらうことになれば、文学にかかわる仕事の一端をうけもつということで気がはれるかもしれないとも思った。そしてさらには、小川文学についてもっと深く知ることができるかもしれないという思いももったのだった。

その日に即答したかどうか、わたしは思いだせない。以上のようなことを考えたのだから、多分返事はすこししてからだったかもしれない。

「自信はありませんが、教えていただきながらできるものでしたらやらせてください」とわたしはいった。

小川はほっとしたような顔をしていた。

自作年譜をつくるつもりは初めからなくて、誰かにやってもらいたいが、と思っているところへ、たまたまわたしが行きあわせたのだろう。

いずれにしても『かくて耳開け』の「小川国夫年譜」は、こうしてわたしがやることになったのだった。

わたしはそれまで、あまり年譜に関心をもったことはなかった。

それでも年譜がそえられている本を読むときには、とおりいっぺんではあるがまず年譜から読むのが普通だった。そして、これから読もうとする作品が作家の何歳のときのもので、その作品を書くにいたるまでの体験はおおよそどのようなものか、といったようなことを知ったうえで読みはじめていた。

こう書いていて、いまふっと気がついたのだが、するとわたしは案外私小説好きの人間なのかもしれない。そういえば秋声にしても礒多にしても、私小説の作家である。わたしの読書体験はそういう人たちの作品からはじまっていた。本郷の作家たちである。そして介山、七郎などを通って、自分にこだわり、自分の年譜は自分でつくることに徹していた阿部昭の作品がすきだった。

阿部は小説が不潔に思える時期があったとどこかに書いていたが、それは自分のエッセイ好きについて書くためのレトリックのように思われた。

しかし、確かにそのような感じをもった時期があってもおかしくない感性の人だったように思える。「これが人生というものか」（『短篇小説礼賛』）では「作家の年譜というのは面白い読み物である」と書いている。こういう文章にであうと、わたしは無性にうれしくなった。しかし、わたしは年譜をよむ立場の者としてそれを知っているように思っていただけで、編む側からのそれはまったく知らなかった。

小川は「ぼくも一緒にやりますから」といったが、それは自分の年譜に記載すべき情報は教えるからという当然のことにすぎなかった。その情報を年譜にするためにどのように編んでいくかというようなことには関心がなかった。

新井がつくった年譜は、彼女が小川について知ることができたことのすべてをただ時系列でならべていた。それは貴重な年譜資料ではあったが多分に繁雑だった。

わたしはどういう年譜を作るべきか、と考えた。

家にある幾組みかの全集の巻末年譜をみても、そっけないものや逆にごたごた書きこみすぎているものなど、あまり参考にならなかった。作るからには読者がさわやかに胸をときめかせて作品へはいっていけるような年譜をつくりたいと思った。そういう年譜をつくるために参考になりそうな年譜をみたかった。

わたしは図書館へいって全集の巻末年譜をかたはしから読んでいった。それで気づいたのだが、年譜はじつにさまざまで、どうやらこうでなければならないという定型はないように思われた。いやあることはあるが、形にとらわれることをきらう年譜制作者もおおく、そうした人は独自の年譜づくりにこだわっていた。

わたしは念のためおおくの年譜をコピーして家にもどった。

その時の資料の範囲では、所謂、年譜らしい年譜の典型は吉田精一が制作した徳田秋声他の年譜だった。そして、最も個性的なのは小田実の年譜だった。

小田実は「自分で書いた簡単な自己流年譜」として自作年譜を書いているが、これなどは精神形成史的メモとでもいうべきもので、たとえば「小学校に入学して、国民学校を出たのには戦争がからんでいた。そのあと、（旧制）中学へ入って、（新制）高校を出たのには、今度は「戦後」がからんでいる」といったふうに固有名詞がいっさいはぶかれている。

わたしが吉田精一制作の年譜が年譜の典型だと思うのは、制作者のへんな思い入れがなく、年譜的事実が簡略に記載されているからだった。

それに比して、自作年譜となると行間に生活実感がはいってくる。これもその度合いは作家によってさまざまではあるが。

わたしは作家の自作年譜に生活実感がはいっているのなら、作家にたのまれて一読者が制作する場合は、読者実感というものがはいってもよいだろうと考えた。

具体的には主要な作品のタイトルのあとに一行解題をそえるとか、ある種の消息（作家の人間味のある印象がつたわるような）をはさみこむとかいうようなことだった。あるいは、小説を書いていたので、単に事実を整理するだけではつまらないと思ったのかもしれない。想像をわきにおいて理性にそうだけでは疲れるだろうとわたしは思っていた。

わたしは小川に提案した。

「年譜と一口にいってもいろいろあるようですが、読者が面白く読める年譜にするというのはどうでしょう。そのほうが面白いと思うのですが」

小川はちょっと考えるふうだったが、

「それでしたら山崎さんに相談してみてくれませんか」といった。

わたしは小川から集英社の電話番号をきき、山崎に電話をかけた。山崎は、

「普通の年譜にしてください」といった。

わたしは希望がかなえられなくてちょっとがっかりしたが、出版社のつごうはこの際の年譜は〈普通〉でなければならないのだと思った。

年譜は一応できあがり、小川に確認してもらって山崎のところへおくった。

それは小川国夫対談集『かくて耳開け』集英社（七二年五月二一日発行）の巻末にいれられた。

しかし、わたしには小説を書きあげたあとのような満足感はなかった。小説ではその作品の善し悪しにかかわらず、書きあげた直後には自分のなかに淀んでいたものがぬけていく解放感がある。それも錯覚のようなものでじきにまた内には淀みができてくるのだが。

この年譜はわたしがはじめて制作した年譜だった。出版社に必要な最終段階の作業時間をみつめ、ぎりぎりの三月三日まで入れられる情報は入れた。それは、〈三日、「室生犀星について」を『東京新聞』夕刊に、「富士と隔絶される人間性」を『世界』四月号に書く〉というところで終わっている。そして、『かくて耳開け』は五月二一日に刊行された。

ところが、その間の四月六日には、小川は「体験について」を『静岡新聞』に書いている。終わったはずの仕事がもう始まっていたのである。

わたしはあわてて〈『富士と隔絶される人間性』を『世界』四月号に書く〉に続けて〈『体験に

ついて』を『静岡新聞』に書く〉と年譜台帳に書き込んだ。そして、以降は、小川がなにか作品を発表するたびに、それを前の行につづけて記録していくというおわりのない作業がはじまったのである。

そうか、年譜づくりに関わるというのはこういうことなのか、とわたしはこの時初めて気づいたのだった。

しかし、作家の側からすれば、こうした年譜制作者の仕事は熱心であればあるほど煩わしくなるものであるらしい。いつ、どこへ、何を書いたか、何月何日にはどこへ旅行し誰に会ったか、といった日常の消息を、いちいち年譜制作者にしらせてはいられない、ということになるのは当然のことだとわたしも思う。

そこで年譜制作者は、忙しい作家をわずらわせることがないように、本人にたずねたり小川家の書庫をのぞくのはやめて、やむなく毎日のように書店をのぞき、何日置きかには図書館へもいき、いくつかの新聞の学芸欄にも目をとおす、という堀の外を調べあるくような方法で必要な情報をあつめるようになっていった。

小川は、多分、そこまでやってくれといったつもりはなかったのだろう。出版社の本づくりの都合で年譜を制作するということと、以降も年譜づくりをあたかも使命のようにうけとめた男が、作家の日々刻々を記録しようと迫っていくのとはべつなのである。厄介な男に頼んでしまった、と思ったかもしれない。そう感じられる空気が小川のなかに醸成されていくようすがみえるようになる。

風狂。悲しきスピリチュアル・ジャンキー。

作家にとってそれはもっとも大切な想像の世界へ土足ではいりこみ、事実という厄介なものを嗅ぎだそうとする迷惑な行為というほかはないのだろう。わたしは夢中になってそれをしていたのだった。


それが作家にとってとてつもなく迷惑なことだと気づくのに長い年月がかかるのである。そして、わたしはといえばこの間、年譜という想像も創造もいっさいゆるされない事実だけがより所の作業にはまりこんで、会社勤めの仕事という憂鬱な現実の枷とともに、自らに二重の枷をつけていたのだった。

こんなこともあった。資料の収集についての話である。


わたしの気違いじみた資料集めを見かねた静岡新聞社の寺田行健が提案してくれたのである。

彼はこういった。

「作家の周辺で年譜や書誌の仕事をしている人は、大概その作家から資料を渡されてやっているんです。例えば川端康成は原稿を出版社へわたすときに、わたしの資料の整理はA氏がやっているので、本が出来上がったら一部A氏宛てに郵送してもらいたい、という文書を添えてわたして、年譜や書誌の制作者は、出版社からそれが手元へ届いたときに整理しているといいます。また、小島信夫の場合は、書庫の隅に大きな籠を置いて、掲載紙や本が届くと一部そこへ入れておく。

制作者は書庫の鍵を渡されていて、いつでも彼の都合の良いときにそこへ入って傍らの机で台帳に書き込み、制作のための作業もできる、と言うんですね。作家によって方法は違うようだけれど、資料整理を自分でやらない作家は、それぞれに方法を講じて資料を制作者に渡しているんです。だから、小川さんにも、何かそういう方法を講じてもらう方がいいですよ。小川さんがそばにいるのに、図書館や書店を歩きまわらなければならないなんておかしいじゃありませんか」

わたしは小川家へいって、資料集めの大変さをうったえ、恐るおそる寺田からの提案をもちだした。小川もどこかで寺田と会ったときにそんな提案を聞いたらしかった。小川は、

「では、編集者に原稿を渡すときに、文書を添付することにしましょう」といった。そして、書斎にはいって原稿用紙に左記のような文面を書いて来てくれた。

編集者様　　　　小川国夫

この原稿の掲載誌を一部、左記へご寄贈下さいますよう。

山本氏は小生の資料を集めておられます。

（あて先の住所と電話番号）　山本恵一郎

そして「これ悪いけどコピーしてきてくれませんか。原稿を送るときに同封しますから」と言って渡してくれた。

わたしは文面を読んで、あれ、と思った。

「集めておられます」というところが気にかかったのだった。これでいいのだろうか。これでは、単に趣味的に集めているに過ぎない印象を与えはしないだろうか。編集者は誤解しないだろうか。どうして「年譜、著作目録等の制作をしている」というような役割を明記してくれないのだろう、と思った。しかし、そんなことは書かなくても、これでいいのかもしれない、とも思った。いずれにしても、これでようやく収集の苦労から開放されるのである。きっと、これでいいんだ。そう思った。ほっとした。嬉しかった。

そして、そのＢ４の原稿用紙の依頼文を戴いて一旦小川家を出て、コピー機のある店を探し、百枚コピーしてきて小川に渡した。

しかし、小川は編集者へ原稿を渡すときに、遂に一通もこの依頼文書を添付してはくれなかったようである。

いや、添付してはくれたのだろう。しかし、わたしの手元には一部の掲載誌すら届かなかった。しばらくの間、わたしは、小川の作品が掲載された新聞や雑誌や単行本などが郵送で届くものとばかり思っていた。しかし、そんなことはなかった。

なぜ届かないのだろう。そう考えはじめると際限がなかった。

小川は原稿を渡すときに編集者宛の依頼状を添付しているとも、していないとも、このことについては以降なにもいわなかった。

小川はどんなことでも説明をするということがなかった。

日常生活や友人知人との交流というような、関係が説明で成りたっているようなところでさえ説明は一切しないのである。これは小川の小説作法でもあった。小川は作品においても説明を排除し因果を書かず物語ることはなかった。

解りにくい人だな、一体、何をどう考えているのだろう。作品にも同様の壁を感じる人はいるだろう。

小川に問い合わせることは出来なかった。

考え始めなければ問い合わせていたかもしれない。しかし、あれこれ考えあぐねた後では、問い合わせることが怖くなっていた。

これはわたしのよくない性質の一つだった。それは自分でも承知していた。聞くまえに考えることが先行してしまうのである。

そこに小川の安易な約束や理解しがたい約束の無視がみだれ入る。いつもそうだ。

愛想よく手をにぎり、冷酷に顔をそむける。

しかも、その用件は小川のものであって、わたしのものではない。

すべては刻々と変わる気分次第なのである。

小川は無言で表情を変えない。

天候気象は雲、風、雨、刻々と姿を変えてみせる。下界に住む者はそれをみてすなおに対応する。が、小川の気象は表情にあらわれない。暗黙のうちに意志を示すアポカリプスの世界である。

その結果、わたしは自分の内に想像による結論を持ってしまうことになる。そして、更にあれこれ想像をふくらませていき、悩み苦しむのである。

なぜ何もいってくれないのだろう、と思う。そんなことを思いながら、やがてわたしは考えることに疲れて、何も考えないことだ、と思うようになって行く。

そして、これは何かを吹っ切るためにわたしがやるいつも手だが、外歩きにでるのである。思考をむなしくして、意識を視界に集中する。

目にはいるものが自然の物ならばなんでもよかった。それが慰めになって、やがて考えることからぬけだすことができるのである。

この時もそうして頭のなかを空にしたのだった。

考えれば、そしてその結論にしたがえば、その先は、年譜や著作目録や参考文献などの整理制作に関する一切の仕事から手を引く、という結論にしか行き着かないような気がした。

しかし、そんな外歩きのあと、わたしは空っぽになった頭で、また、何事もなかったように図書館や書店をのぞいて資料を集め始めていたのだった。

わたしはいまも、その時の依頼文の原稿を大切に保管している。それを見るたびに怒りにも似た感情がわき、寂しさを味わい、何とも言いようのない複雑な気持ちになるのである。

もう何も期待もされていないのに、放り出されているのに、手を引くこともなく、態度を保留してしまい、悩み苦しみながら継続して行く。

わたしにはそういうことが外のことでも時たまあるのだが、自分のそういう性質が、自分のことでありながらよく解からない。

一度始めたことは途中でやめることが出来ないのである。根っこに臆病でつまらない貧乏人根性があるのだろう。いや、多分、アブノーマルなのだ。それがいちばん解りやすい自己診断のようだ。

七三年八月のある日、わたしの勤めさきに李昇潤と名のる男から電話がかかってきた。

「東邦書房という出版社のものですが、小川国夫さんの特集を企画したいと思いまして、小川さんをお訪ねしたのですが、山本さんが年譜のお仕事をされているとうかがいましたので、一度お会いしてお願いやらご相談やらもうしあげたいと思うのですが、いかがでしょう、お会いいただけますでしょうか」

そしていま、志太温泉の潮生館に泊まっているので、明日おこしいただけませんか、というのだった。

出版社の編集者が高級旅館にとまって、初対面の者をよびつけるというのもちょっとおかしな気がした。潮生館は小川家をおとずれた人が、小川家から接待をうけたり、紹介されて利用したりする古風なおちついた旅館だった。

五七年には小川は、丹羽正、金子博の両氏とここで、『青銅時代』創刊号の初編集会議をひらいているし、六五年六月には当時奄美大島に住んでいた島尾敏雄が東京に出てきた帰路、小川家を訪ねたときに小川は母まきの采配でここに宿をとっている。

それでわたしは李も小川の紹介で泊まっているのだろうと思ったのだった。

しかし、この時もわたしは、小川がわたしに李を紹介した理由を考えあぐねることになる。

年譜制作をわたしに頼んでおきながら、熱心になったわたしを遠ざけたのも小川である。

そして、素性の知れない編集者と名乗る男をさしむけてきたのも小川だった。

その日の夕方、わたしは小川が起床したころをみはからって電話をいれた。そして、李のことをたずねると、小川は、

「はじめての人でよく知らないけど、同人雑誌のようなものへ僕の特集をやりたいということのようです。それで、僕のことを一番知っているのはどなたですかというから、山本さんを紹介しておいたんです。電話いきましたか」というのだった。

そういうことだったのか、とわたしは思った。どこか妙な気がして腑に落ちなかったが、そんなことなら迷惑な話だ。が、しかし、断わるわけにもいかない。

「とりあえず明日お会いしてみます」といって受話器をおいた。

翌朝十時ごろ、わたしは静岡の家をでて車で藤枝郊外の潮生館へいった。

玄関にでてきた仲居にきくと、李は朝風呂にはいっているという。

わたしはちょっと腹がたった。つくづく自分の馬鹿さ加減に呆れた。

この愚直者め。なにをいつまで小川のそばでうろうろしているんだ。

最初に生原稿を見てもらったときからおかしなこと（『評伝小川国夫―至近距離から』参照）になっていたのに。

なぜいつまでも不実なエゴチストのそばを離れないのだ。

なぜだ。なぜだろう。

自分のことだがこれも解らないことの一つだった。

静岡からわざわざ車をとばしてきたのである。

約束どおりの時間についた。それなのに頼みたいことがあるといってよんだほうが朝風呂へはいっている。

しかも、小川の話では同人雑誌のようなものをやっている人のようだということだった。こんな旅館で朝風呂にはいっているような人間が、同人雑誌でどんなものを書いているのだろう。

「ここでお待ちください」ととおされた部屋は、冷房がなくひどく蒸しあつかった。

李は三十分ちかく待たせて、湯あがりの浴衣の胸をはだけてうちわであおぎながらはいってきた。

「やあ、お待たせして。山本さんもひと風呂浴びてきてください。汗を流すとさっぱりしますよ」

さっぱりすることはわかっているが、ことわった。ひょうひょうとした顔つきの細身の男だった。

「それではいま食事のしたくをさせますから、食べながらはなしましょう」

「食事は結構です。用件を聞かせてください」

「じつはぼくはいま小川国夫さんの特集をやりたいと思っているんです。それで、どういう形でやったらいいか教えてもらいたいとおもいまして」

　東邦書房という出版社の者ですが、といって呼びだしておきながら、教えてもらいたいというのだった。

　この男はまったく文学の知識のない男だった。小川の作品で好きなものをいってみてくれとか、その作品の内容をはなしてくれとか、太宰治という人はどんなものを書いたのかとか、とりとめもなかった。わたしはバカらしくなって、ほかに予定があるのであまりながくいられない、といって帰ってきた。

　すると翌日、静岡新聞社の寺田行健から会社へ電話がはいった。

「山本さん、これは山本さんにだけ内々お知らせしておくんですがね。李昇潤という正体不明の男が編集者を名のって小川国夫さんにちかづこうとしているらしいですよ。島尾敏雄さんの名前をもちだしたりしてね。小川さんは人がいいからつい何かでひっかかって被害にあったりするといけないとおもいましてね。山本さんはいつも小川さんの近くにいるから、山本さんにお願いしておけば安心だとおもったものですから。それとなく注意していてくれませんか。小川さんもいまが大事なときですからわれわれが守らなければなりません。ぼくはその男に会ったことはないんですがね。どうも胡散臭いやつらしいですから」

それから二、三日して、小川からわたしの家に電話があった。

李がいっしょで、静岡駅南口のジローという喫茶店にいるという。そして、李がわたしに仕事を依頼したいといっているので会えませんか、というのだった。

一体どうなっているんだ、と思ったが、わたしはジローへいった。

小川と李はテーブルで向かいあい、二人ともに涼しい顔でコーヒーを飲んでいた。

こういう顔を見てわたしがいらつくのは、わたしの日常の跳ねかえりが近因だったのだろう。猛烈社員の時代だった。会社では厳しい仕事をしていたのである。社長は管理職会議で、「業績が目に見えて向上するように仕事をさせるのがきみたちの役目だ」と怒鳴り、「うちの会社からはまだ自殺者は出ていない。死ぬ気で仕事をしていない証拠だ」と言い放つ時代だったのである。

わたしは会社の仕事をおろそかにしたことはなかった。そういう会社勤めをしながら、寝る間を惜しんで文学に狂っていたのである。

小川と李の仕事というのは「小川国夫特集」なるもののなかへ「母親がみた子供のころの作家」というようなものをいれたいので、小川の母堂からちょくせつ話をきき、百枚ぐらいにまとめるというものだった。まとめかたは対談形式でもいいし、すきなように書きなおしてくれてもいい、と。

わたしはこの仕事をひきうけた。

李が信用できない人物で、途中で消えてしまって、仮に原稿の受けとり手がいなくなったとしても、それはそれでよいではないか、とわたしは思ったのだった。いずれつくりたいと思っていた「読める年譜」のよい資料になるだろうと思ったのである。

「山本さんが取材してくれると僕もたすかるんですよ」と小川はいった。「僕が自分で自分のことを取材するわけにはいきませんものね。お袋に聞くにしてもちょっと聞きにくいですから。また聞かれたほうだっていいにくいですよ。取材は山本さん、あなたのペースでやってください。僕はよこで聞かせてもらいますよ」と。

小川の母堂まき宅へはじめてうかがったときは、小川と李昇潤がいっしょだった。

李は勤めさきの東邦書房からテープレコーダーをもってくる約束だったが、会社をでるときに忘れてきてしまったといった。のちに判明することだがこれは李の嘘で、彼はもともと東邦書房の社員ではなく、テープレコーダーももっていなかったのである。しかたなく小川の長男が英語の勉強につかっているカセットテープレコーダーを借りていくことになった。

長楽寺の小川家から母堂の家まではおよそ四キロである。白い漆喰の塀をめぐらせたしゃれた和風の平屋だった。

その頃、まきはもう七〇歳を幾つかすぎていたはずだ。和服姿の面長の上品な顔立ちの人があかるく澄んだ声をはずませて小走りに玄関へでてきた。

「おばあちゃんねえ、山本さんはね、僕の年譜をつくってくれたの。それで、こんど、もうすこし詳しいものをつくりたいというんでね、おばあちゃんに僕の子供のときのことを聞きたいっていうの。どんなことでもいいから話してやってよ」

ああ、小川は母親にいつもこんな甘ったれた声をだして話しているのか。それにしても、わたしが聞きたいといって始まったことではないのに、小川の言い方はたいがいこんなふうになる。いつもどこかでずれしまっておかしい。先頭を歩いていたはずの小川は目的地に近づくといつのまにか後ろへまわっている。いつもそうだ。

「さあ、わたし、もうろくしちゃって、どんなお話ができるかわからないですよね。みんな忘れちゃって。まあどんなことでもいいっていわれたって、ねえ、昔の話ですもの。山本さんすみませんねえ、国夫のことなんかいろいろ書いていただいて。大変でございましょ、ほんとうにねえ」

こんなふうにして始まった母まきへの取材は、幼少年時代、旧制志太中学校時代、旧制静岡高校時代、東京大学時代、パリ大学時代、そしてヨーロッパ各地と地中海沿岸各地の単独スクーター旅行時代（この時代は主としてまきへの手紙等で）へとひろがっていった。

そして、帰国後東京の大森に住み創作活動にはいるが、その時からの一〇年間は『青銅時代』と『近代文學』だけが発表誌という、いわゆる無名時代である。

これだけの期間をおよそ一年間かけて、百時間をこえるテープにおさめさせてもらった。母堂まきから話を聞いていると、小川の父富士太郎が帰宅し、取材を申しこんだことが三度ほどあった。しかし、その都度まきは、

「国夫はわたしが育てた」とつよい調子でいい、富士太郎から話をきくことは許されなかった。夫にたいする屈折するおもいがあったのである。

だから、わたしが、小川の伝記的事実として書いたものは、父親をのぞく母親、姉、弟、文学上の友人、恩師、郷土の友人といった人たちからの取材が主体になっていて、父親の目がみた小川国夫像が欠落している。まきの目をぬすんでわたしが短い時間のあいだに富士太郎から聞くことができた話は、唯一、

「国夫はフランスから帰国するとすぐに、孤独の部屋をつくってくれ、といいましたよ。そこにこもっていよいよこれから書くんだといってね」というものだった。

富士太郎はすぐにそれにこたえて大森に書斎のある家を建てている。時間をかけて取材できれば、こうしたエピソードをもっと掘りおこせただろうと思うのだが。

彼女がどんな思いで「国夫はわたしが育てた」といいつづけたのかはひとことでは説明できない。(関心のある方は『評伝小川国夫・第一部・東海のほとり』と『評伝小川国夫・至近距離から』を参照していただきたい)

英文学者で『青銅時代』の同人でもあり『浄光寺の春』『魂と舞踏―ロレンス・ダレル頌』などの作家丹羽正は、小川と旧制静岡高校で同級生だった。袋井から鉄道でかよっていたが、入学式の日に藤枝駅から乗車した小川を見て魅せられ、静岡駅でおりて学校まで歩いていくあいだも目をはなすことができず、ずっとうしろをついていった。そして、この人もおなじ学校だと知って胸がおどった、とのちに小川との交流録ともいえる「魅せられた魂」に書いている。この丹羽の少年愛的な小川への感情は、丹羽のうちに終生ありつづけたものだった。丹羽の小川文学観は全肯定的で否定的なものはなかったといっていいだろう。

その丹羽をわたしが自宅に訪問したのは、丹羽が府中に住んでいるころだった。七五年一月である。京王線は競馬場へいく人たちでこんでいた。

駅について電話で道順をたずねると自転車でむかえにきてくれた。体調をくずして幾日かまえまで入院していたときいたが、丹羽は当時の大型のテープレコーダーがはいった重い鞄を荷台にのせて、自転車をおして家まで一緒にあるいてくれた。

「あなたがつくった小川君の年譜、あれは実によくできた年譜で、わたしの年譜にもなります」

と丹羽はいった。

この時わたしは、旧制静岡高校時代の小川のこと、滞欧中の小川の消息、無名時代の小川のことなどについて聞かせてもらった。

そして、滞欧中の小川と丹羽のあいだで交わされた往復書簡の束を保管箱のふたを開けて見せてもらった。それは膨大なものだった。

「是非、本にして下さい。そして、読ませてください」とわたしはお願いした。

「小川君と相談してみます」と丹羽はいった。

やがて、その手紙は青木健の手で『小川国夫の手紙』（丹羽正編著）としてまとめられることになる。

丹羽はこの『小川国夫の手紙』のなかで「一時期の小川は、わたしを自分の経験の保管者だと見なしているふしがあった。わたしは自分のことが、『志賀直哉の手紙』を編んだ武者小路氏に思えたり、小林秀雄氏の私的な文書を保管している大岡昇平氏に思えたりしないでもない」と記している。

そのなかの一通で小川が、パリ・エドモン・ロジェ街の下宿から丹羽にあてた手紙では「僕の経験を、僕は過不足なく表現して、人々に納得してもらい、人々にこの点で尽くしたいと思っている」と創作への心構えを書いている。

こうした小川との長い年月にわたる関係を、丹羽は晩年、共生という言葉で語っていた。その意味を丹羽の記述にみると以下のようなことになる。


「或る点で二人の感受性は正反対だといってよい。小川国夫の感覚は外部に向かって開かれており、本質的に向日性をもっているのに対して、わたしの感覚は閉ざされていて、不定形の内部へ視線が向かいがちだといえる。どちらかといえば、小川は客観的であり、わたしは主観的だ。前者は自然の人であり、後者は理念の人だ。一方は世界と和解しようとし、他方は世界と対立する、といえよう。もっとも、自然といい、理念といっても、そんなに割り切れるものではなく、自然が理念となり、理念が自然となることが理想なのであろうが、そこから生まれる二人の態度はまったく異質であるとはいえると思う。しかし、態度以前の、もっとも深い処では、二人の間には、或る共通性がある。それは私意を排して〈大きなものを怯えつつ待つ〉という姿勢であり、〈癒えたい〉という祈願だ、という風に思える。文学が二人の間で意味があるものとなったのも、そういう姿勢なり、祈願なりがあったからだという気がする」（『小川国夫の手紙』）と。

わたしは小川の母堂まきをはじめとして多くの人に取材し百枚を書きあげたが、その時にはもう李はどこへ消えたのか行方不明になっていた。

李昇潤が消えてどのくらいしてからか、東邦書房の富井という女性編集者から連絡がきて、経緯の説明はいっさいなかったが、李がわたしに依頼した原稿ができていたらみせてもらいたい、といった。

李は東邦書房の社員ではなく、企画を売りこみ、前金をもらってどこかへ消えたようだった。

富井は東邦書房で正式に「小川国夫特集」をやることになったといった。そして、そのなかへわたしがまきから聞いて書いた「小川国夫　その光源―幼年記」をいれたいといった。わたしは路頭に迷いかけていた原稿のゆきさきがはっきりしてほっとした。

しかし、この富井もじきに会社をやめて、後任は大学をでて入社したばかりの片柳葉子になった。彼女が担当者になってから、いわゆる「小川国夫特集」なる企画はいっきに全貌がみえてきたのだった。

彼女によると李は、吉田精一、本多秋五、森川達也、飯島耕一、吉行淳之介、遠藤周作、内村剛介、島尾敏雄、三枝和子、高橋英夫、渡辺広士、諸田和治、上総英郎、牧野留美子、そして、小川の旧制中学の同級生赤堀幸男とわたしの十六名を原稿依頼先としておいていったということだった。

李の要請で小川が名前をあげた人たちだったのだろう。李が実際にこれらの人たちに原稿を依頼してあったのかどうかは聞かなかったが、その後片柳が『小川国夫　光と闇』（七四年九月刊行）という単行本にして刊行したものには、李のリストにあった前出の人たちが執筆者として名をつらね、小川もこれに「ファンタジア」「テサロニキに病んで」を発表している。虚実のほどのはかりようもないとぼけた風貌でそれなりの仕事はしていたのかもしれない。無知の怖いもの知らず、といったところだったのかも知れないが、それなりの形はのこしたのである。

わたしは片柳の要請で「幼年記」にくわえ、年譜、著作目録、参考文献を作成した。

暫くして、東邦書房から続編を書いてもらいたいという連絡がきた。小川にそれを話すと、

「いつ頃までをやりますか」と小川はきいた。

「小川さんがはじめて商業雑誌に注文で書いた「河口の南」『中央公論』六六年まで、いわゆる世にでるまでを書く、というのではどうでしょう」

「はい。ではそうしてください」と小川はいった。

わたしは出版社から注文をもらって書くのだ、いいものを書こう、小川にとっても出版社にとっても、自分にとっても、とおもった。

そしてこの気おいはそのまま取材へむけられ、異常なほどの熱意で周囲をおどろかせるようになる。

かつての『静岡作家』の仲間たちはその取材ぶりをみて「山本の歩いたあとはペンペン草もはえない」といい、小川夫人は、

「あなたこのごろ、このあたりでなんていわれているか知ってる？　テープ魔っていわれているのよ」というのだった。

あるとき、片柳と評伝の校正刷りをまえにしてはなしていたとき、とつぜん彼女があわれむような眼ざしをわたしにむけていった。

「山本さんのことを、小川さんが何といっているか知っていますか」

「いえ知りません。何といっているんですか」

「刑事だって。山恵は刑事だっていっていました」

「そうですか。刑事といっていましたか。しかし、ぼくは小川さんに面とむかってもっと辛辣な

ことをいわれていますよ。イギリス人のように陰険だといわれました」

あれはたしか、静岡の常磐にある一銀という寿司屋でのことだった。（この時のことは『年譜制作者』で詳述している。また『評伝小川国夫・至近距離から』を参照されたい）

青木健が河出書房新社で『小川国夫作品集』の編集を担当していたころのことである。わたしは年譜、著作目録、参考文献などをまかされて、小川と青木のうちあわせに同席していた。静岡新聞社の寺田も一緒だった。青木はいつもながらの健啖家ぶりを発揮してよく食べていたが、小川のほうはいつもとはちがう少しかたい表情で、はやいペースで飲んでいた。そして唐突に、

「僕の『作品集』には、単行本にはいっている後記をそのままの形で全部いれてください」といった。

「それは困りました。もう組んでしまってありますし、第一、『作品集』の途中へいちいち単行本の後記をいれるのはおかしいですよ」と青木。

「僕はいれてもらいたいですね」

「じゃあ読者の立場からということで、寺田さん山本さんの意見を聞いてみましょうよ」

わたしは黙っていた。とっさに聞かれても軽々しくこたえられるようなことではない。いつもはっきり断定的に意見をいう寺田もあいまいに口をにごして黙ってしまった。

「いれてくださいよ」と小川。

「でも小川さんそれは契約違反ですよ。何回もうち合わせをしてここまできたのに、いままではいちどもそんな話はでなくて、もう一一月にはあがるんです。ここへきて変更されたんじゃたまらない」

「それならやめたっていいんだ。河出だけが出版社じゃないしね。損害分は僕が負担しますよ」

「それは」青木はそこで言葉をきったまますうっとしぼむように体がちいさくなっていった。それから、

「ま、考えてみますよ」とテーブルへ目をおとしたままいった。

「考えることはないんです。いれてもらえなければ僕はやめますから。だって僕は後記を書くときだって本文を書くのとおなじぐらい時間をかけているんです。後記までいれて完全になるように組んであるんです。それを後記だけぬかれたんではやらないほうがいいです」

「わかりました」

「そのかわりこれからかかる分は、半分、僕が負担しますよ」

「そんなことはいいですがね」

「費用が余分になるんでしょう」

「ええ、でも、それよりも刊行の時期がおくれる分のほうがはるかにおおきい問題なんです」

「やってくれますか」

「やりますよ。しょうがないなあ」

青木の小さくなっていた体がもとへもどった。口元になんともいえない複雑なわらいがうかんでいる。

「ねえ寺田さん。『現代詩人大系』を売ってやってください。青木さんは今日そのために静岡へきたんです」と小川。

青木は複雑なわらいのままのゆがんだ口へ、赤味の刺身をおしこみかけたが、あんぐりあいた口がしまらずにひざへ落としてしまった。

それから、どういう話から「イギリス人のように陰険」という話になったのか、いまはもうはっきりとは思いだすことができない。

ああいや、そうではなかった。あのあとどういう話の展開だったか、青木が話題をかえようとしてのことだったかもしれない。

「山本さんは材料さえわたせばどんなものでも書ける人ですね」といったのである。

小川の血相がかわった。そして、

「きみは刑事か、検事か、イギリス人のように陰険だ」と顔面を蒼白にして震えながらわたしにいったのである。

「山恵はイギリス人のように陰険」

この一銀での小川のヒステリックな怒声は、わたしに衝撃を与えた。

わたしはその日の〈一銀〉での会合がどんなふうにおわり、どうやって家へ帰ったのかおもいだすことができない。

片柳はわたしに『小川国夫　光と闇』に収録した「幼年記」につづけて、まず作家いぜんの小川を一冊にしましょう、といった。

作家としてのいわば孕みの時代をまとめたいというのだった。

わたしはそのために綿密な取材をし、千枚をこえる原稿を書き片柳にわたした。

東邦書房ではそれを台湾の印刷会社で印刷し、校正刷りも二校まででたのだった。もうすこしで本になるというときになって、東邦書房で労働争議がおこった。社員が会社を占拠し、仕事はいっさい止まってしまった。

「原稿と校正刷りは会社の金庫にしまってありますから心配はありません」と片柳はいったが、わたしは心配になった。

他の社員のてまえもあり、わたしの校正刷りだけだして仕事をすすめるわけにはいかないという。

はじめのうちこそ「原稿が散逸しないようにおねがいしますよ」などといっていたが、もともとあまり争議にねっしんではなく、どちらかといえば仕事をしたかった片柳が、争議に嫌気がさして退職することになり、するとわたしも頼みのつながきれ窓口がなくなる心配をせざるをえなくなる。それで、

「原稿と校正刷りをもってきてください」と片柳にたのんだ。片柳は、

「金庫の鍵がないんです。開けられないんです」といっていたが、やりかけの仕事をそのままにして退職するのが気がかりだったのだろう。ひそかにもちだして届けてくれた。

その頃、わたしは片柳とそういうやり取りをしながら、一方で河出書房新社の『小川国夫作品集』のための年譜、著作目録、参考文献等、資料関係の仕事をやっていて、担当の青木健と頻繁にあっていた。

そういう会合が山の上ホテルであったとき、わたしは片柳からかえしてもらった校正刷りを青木にみせた。青木は興味をもったらしく、

「僕に本作りさせてくれませんか」といった。

彼は『小川国夫作品集』の仕事がおわったら、河出書房新社を退職して小出版社をおこし独立するのだといった。その最初の仕事としてわたしの『小川国夫評伝』をやりたいといった。わたしにしてみれば願ってもないことだった。わたしは校正刷りを青木にわたした。

青木は『小川国夫作品集』を完成させ、河出書房新社を退職した。そして、堀内達夫の麦書房へ資金を持ってくわわり『小川国夫評伝』の出版にとりかかった。

しかし、意図するところがあったのだろう、片柳が一冊にまとめるつもりでいたものを二冊に分けて刊行したいといい、最初の本を幼少年時代（「幼年時代」「青島小学校時代」「旧制志太中学校時代」）で区切り、『東海のほとり―評伝小川国夫・第一部』として刊行したのだった。

青木は『東海のほとり』を刊行したあと、すぐには『第二部』にはとりかからず、『幻視者萩原朔太郎』（藤原定）を、ついで『小川国夫の手紙』（丹羽正編著）を出版した。

しかし、この間に青木の顔色がだんだんさえなくなっていく。そして、『東海のほとり』（七六年五月三十一日刊行）から丁度一年後の五月には、『第二部』の出版は青木の企画としてはだせそうもないと手紙でいってきたのだった。

わたしはあずけた原稿が最初の約束どおり本になることをたのしみにしていたので、それを読んでがっかりした。どうしてあの時二冊にわけてしまったのだろう、とおもったが、いまとなってはどうにもならないことだった。

しかし、青木は責任を感じてのこした原稿を本にする心配をしてくれ、三年後の七九年六月一〇日、青銅会という刊行会をつくり、『海の声―評伝小川国夫・第二部』を限定千部の予約出版の形で刊行してくれた。

評伝第一部、第二部の刊行の経緯についてのわたしの認識は以上のようなものだった。しかし、実際はすこし違っていたようである。あとになって青木と話していてわかったのは、青木がわたしの原稿を山の上ホテルであずかったのは、『小川国夫作品集』の仕事で青木が小川にあったときに、小川から頼まれたのがはじまりだったようである。

「山本さんが東邦書房からだす予定でいた評伝が、出版社のごたごたで頓挫してしまい、もどってきた原稿をかかえてこまっているという話があって、青木さん、力になってやってくれませんか、と小川さんから頼まれたんです。その頃、僕はまだ河出を辞めることにはなっていなくて、河出からは出せませんよと言っていたんです。ですが、山の上ホテルで原稿を見せてもらって、いいものだと思ったから僕の本（『内なる中原中也』）をだした麦書房に相談してみようと思ってあずかったんです。そうしているうちに河出を辞めることになって、僕も麦書房でやることになったものですから。で、二冊にわけたのは、原稿枚数が一千枚でしょ。大部になるので制作費や定価の都合もあってわけたんです」

　青木にこういわれてみて、ああそうだったのだ、と当時どうしてこんなことになっていくのだろうと思ったことなどでわかってくることもあった。

　わたしがこういうことをしている間に、かつての『静岡作家』の同人岩崎芳生は、田辺秀穂、曽根一章、桜井昭夫たちと文芸同人誌『隕石』を創刊し、谷川昇が少し遅れてこれにくわわり、ふたたび書きはじめていた。

『隕石』を創刊するという話をきいたのは芳生からだった。芳生は『静岡作家』四号に「ダイビング」という小品を発表してからは最終刊五号にはなにも書かず、その後、五年間沈黙していた。

　その芳生が夜、突然、原稿をもってわたしの家へやってきたのだった。そして、『隕石』という誌名で同人誌を創刊することになり五年ぶりに書いたのだが、編集者にわたすまえに読んで批評してもらいたいといった。

原稿は百枚以上あるようだった。わたしはしっかり読むのであずからせてもらいたいといったが、芳生はこの場ですぐに読んでもらいたいといった。

わたしは会社から帰ったばかりでまだ夕食まえだった。しかし、こんなに真剣な表情の芳生はみたことがなかった。わたしは彼を応接に待たせて書斎に入り、その「橋の眺め」という作品を読み、近くの喫茶店へいって感想をまじえ彼と二時間ぐらいはなしこんだ。

正直いってわたしはちょっとびっくりした。

彼の作品は『静岡作家』時代のものはすべて、それ以前のものもおもな作品はたいがい読んでいたが、それらと比較しても段をつけて深まり、よいものになっていた。

わたしの目には彼は読み物作家としてならすぐにも世にでられる才能をもっているように思われたが、それを封印して小川文学にちかづき、感覚から想像を展開していくところにみえてくる人間のありようを書こうとしていた。そしてそれが、彼をくるしいところへ追いこんでもいたのだが。しかし、五年の沈黙はむだではなかったのだ。

彼は生来のストーリーテラーだった。ちかくに小川国夫という巨樹がどすんとたっているために、こうした才能までもが影響をうけることになる。静岡という土地はそういう閉塞空間なのだ。これが東京だったら事情はまったくかわってくるだろう。

この土地では文学は小川国夫のような姿勢で、小川国夫のような作品を生みだすことをいうのであって、それ以外のものはやる価値のないものだというような思いこみが、芳生にかぎらず多かれ少なかれ文学青年の頭をくるわせていた。

巨樹の下では草のごとき個性は根をはることができず、土壌の養分はことごとく巨木に吸いとられ、ただ立ち枯れていくばかりなのである。

才能はあるのに苦しいところへはいりこんでしまった、とわたしは芳生のことを思っていた。そして五年である。もう小説はやめてしまったのだろうと思っていたが、彼は目指す方向へむかってひそかに書いていたのである。

この「橋の眺め」を『文藝』の同人雑誌評は冒頭の一頁をさいてとりあげた。

そして、芳生のところへ『すばる』の片柳という編集者から電話がはいった。この作品に感心したので『すばる』に書いてもらいたいというのだった。

芳生は『すばる』に三、四作は発表したとおもう。しかし、その先がつづかなかった。本来の才能とはべつのところで書いていこうとしたむりが、彼をふくろ小路へおいこんだのかもしれない。しかし、それを力技できりひらけなかった最大の理由は、たぶん、そのことだけに狂うことができなかったという現実だろう。

彼はその頃は、木工所をたたんで精密部品を製造する会社をたちあげた直後で、その経営で多忙だった。彼もまたやりたい虚業世界の構築を、食うための実業世界によって侵食され、かたすみへ押しやられた一人だった。

芳生のこの精密部品製造会社のたちあげにはおもしろい動機があった。彼の周囲には彼に期待をかける文学愛好者がいて、世に押し出そうということになり「岩崎芳生さんを世に出す会」なるものが結成されたのだった。もっともそんなに組織だったものではなかったようだが、ある日、十人ぐらいがあつまりプロジェクト・チームをつくり、一日中機械についていなければならない木工の仕事をやめさせ、半日は書く時間にあてられるような仕事を探してやろうということになった。芳生本人をふくめてその十人が諸方をあるいて時には見学したり、またもどって検討会をひらいたりしたのである。しかし、なかなかうまい仕事はみつからなかった。

　そんな時、芳生の高校の後輩でもある曽根一章が、自分が勤めている精密機械会社の下請けはどうかという提案をした。腕時計のなかの細かいネジをつくる仕事だという。その仕事なら細い鉄の棒を機械に噛ませておけば、顕微鏡で見るような小さなネジが自動的にぽろぽろはきだされて、つぎに鉄の棒を噛ませる三時間後まで小説を書いていられるというのである。

「よし、それに決めた」と芳生は父親からうけついだ木工所をたたんでその精密部品会社をはじめたのだった。まあ、しかし、自家事業とはいえ事業となれば、鉄の棒を機械にかませれば三時間は小説を書いていられるというだけではすまないはずだが、ともかく、転業には成功したのである。書く時間は格段にました。その頃からはどこかで行き会うと、それまでのように木工の挽き粉がおしろいめいてついているということもなくなり、どこか外国の裏町の悪戯小僧ふうに鼻の頭や手の甲に汚れたマシンオイルをつけていたりするようになった。

　しかし、時間があれば必ず書けるというものでもない。

この頃のことである。わたしが夕方ふらりと小川家によると、わたしはいつもそんなふうにふらりと予告もなく小川家を訪問していたが、いま起きたばかりという小川が食堂にいて、

「昨日、芳生さんがきたんですよ」といった。

「めずらしいですね」

「うん。あの人かわってるね。玄関のそとにぼっとたっていて、どうしたのって聞いたら、この頃書けないんですっていうんだよね。それは僕だって書けないときはあるよ。だけどそれを同業者のところへきて訴えてもねえ」

わたしにしても芳生にしても、他の多くの作家予備軍的同人誌作家たちにしても、片足を文学という得体のしれない魔物につかまれ、もう一方の足に食うための仕事という枷をつけて、日々、その双方の足から胃へ心臓へ頭へ、たち昇ってくる冷たい炎のごときものに苦しめられ、のたうちまわっていたのである。五年の沈黙のあとようやく望むものをつかみかけたかにみえた芳生は、このあとふたたび沈黙の時代へおちてしまう。

いや、それでも彼は書いていたのだ。書きあげた原稿をもって『すばる』や『海燕』の編集部へかよっていたのである。しかし、そこでの反応は厳しいものだった。『すばる』の編集部では編集長の石和鷹が、とにかく読んでみてもらいたいと食いさがる芳生にいった。

「そこの戸を開けてみなよ。目をとおすひまのない持ちこみ原稿が山になっていて、開けたとた

んなだれ落ちてくるから」

「どういう原稿なら読んでもらえるんですか」芳生はど肝をぬかれてきいた。

「マスをしながら書いたようなものだな」

「そんな原稿があるんですか」

「あるよ。汚れてこわばったような原稿が。書く奴はそうして書いているんだ」

芳生の浮沈の原因を考えればさまざまな問題がおもいうかぶが、その第一は、彼の作風が深まるにつれて、小川文学のにおいを濃厚に立ちあがらせ始めたことではなかったかとわたしは思っている。

『隕石』の主宰は田辺秀穂だった。この頃、彼はすでに七十代半ばにたっしていたと思う。樋口一葉の親友の伊東夏（日本橋の水鳥屋の娘・中島歌子門下で一葉と共に才媛と謳われた）の子息で、戦時中、喘息の治療をかねて南洋廳に就職、サイパン実業学校で英語と数学を教えていた人である。

彼がサイパン島にいた頃、同じように喘息の治療をかねてパラオ本廳に就職した中島敦がきて、パラオ行きの船便がでるまでの二週間、田辺の部屋に同居するということがあった。

中島がパラオへむかい、田辺が東京へ出張中にサイパン島は玉砕する。田辺はそこで多くの教え子を失った。

戦後しばらくは新生社という出版社に勤めて雑誌の編集にたずさわり、大仏次郎の原稿をとったりしたが、国立大学の事務官になって東京、九州、静岡の大学をまわり、定年退職後は聖心女子大に勤め、その後静岡に居を定めた人だった。

田辺は中島敦との二週間を「スティブンソンのいない島」と題して書き、県芸術祭に応募し入賞した。この作品は『中島敦研究』（筑摩書房）に収められている。

この年の芸術祭では、前述のようにかつて谷川昇に原稿をかえされ、『静岡作家』への参加をあきらめた曽根一章が、「最初の旅」という作品で芸術祭賞をとっている。

その表彰式のときに田辺秀穂、曽根一章、桜井昭夫の三人がここで出会い、芳生をくわえて同人誌『隕石』をはじめる相談をしたらしい。一章と桜井は高校の同級生で、芳生は同窓の先輩である。そこに四号から谷川が、五号からわたしが加わったのだった。

一章の「最初の旅」の主人公〈ぼく〉は、高校を卒業して大阪のコーヒー豆卸問屋に就職する。しかし、そこは学校の説明とは異なり、劣悪な条件下で働かせる弱小企業で、〈ぼく〉はたえきれず半年でやめて故郷の町へ帰ってくる。在学中おもいを寄せていた説子は、いまは銀行に勤めているが〈ぼく〉には見向きもしない。あてどない思いで町をさまよい、なにげなく立ちよった書店で大学入試問題集をかう。それで目標ができたような気持ちになり、少し落ちつき、路地の家にかえっていく、という作品である。

いつだったか同人の集まりがあったときに、谷川が一章に、

「『静岡作家』を創刊するときにあんたが原稿を持ってきて、僕がこんなものではだめだといってかえしたら、あんたはむっとした顔でなにもいわずに帰っていって、結局、参加しないことになったけど、僕をうらんでいるだろう」といった。すると一章は、

「この野郎、俺の原稿をつっかえしやがって、とんでもねえ野郎だ」といって谷川の頭をぼこんとたたいた。これはおおごとになるぞ、と思ったが、そのあと二人ともげたげた笑っていたから無論冗談のうちのことでおわったが、一章は谷川に原稿をかえされてから、この「最初の旅」を書くまでの十年という歳月の孤独をどのようにたえていたのだろう。


わたしは年譜や評伝の取材にかかりきっていた間は創作から離れていたが、『隕石』の会合には時どき誘われて顔をだしていた。そして、『隕石』四号の合評会にでたとき、田辺から「山本君、そろそろどうなの」といわれて、仲間にいれてもらうことにしたのだった。

わたしはこの時、小川国夫評伝の第三部に相当する原稿五百五十枚を書いてもっていた。しかしそれは誰にもみせないことにして、また土俗的な小説を書きたいと思っていた。評伝第三部の原稿を誰にもみせないほうがよいと思ったのにはいくつかの理由があった。その第一は前述のように小川がわたしの取材に不快感をしめし、突きはなされたと思っていたからだった。

「小川さんに頼まれたからやるのだ」という、わたしがわたし自身を鼓舞するためにひそかに自分にむかっていいつづけてきた動機が霧散してしまっていた。

熱烈な小川文学ファンだったわたしには、頼まれたことこそが勲章だったのである。しかし、それはとんでもない思いちがいだったことを覚らされたのである。

小川は底意地の悪い天の邪鬼である。加仁阿木良、丹羽正、野見山暁治、そして、わたし。きっとほかにも被害にあった人は大勢いるのだろう。

わたしは「テープ魔」といわれようと「あいつが歩いたあとはペンペン草も生えない」などと揶揄されようと、平然と、淡々と、延々と取材をつづけてきた。それはわたしの内にわたししか知らない勲章があったからである。それが霧のように消えてしまったのだ。あとにのこったのは勲章のあった場所にあいた空虚な穴のようなものだけだった。

本来、現役作家は、必要なら自作年譜を制作するのが最良というべきかもしれない。

年譜や「伝」と称する類のものを他人が制作する場合は、生が定まった対象、つまり、その人の生涯が隅々まで客観視できる状態においてのみ可能と考えるのが正しいように思う。確かに年譜好きで自作年譜を制作した阿部昭のような作家もいる。だが、概して想像に生きる作家は現実を嫌悪する。

立原正秋のように自分にとって都合のよい自作年譜をでっちあげる人もいる。

文学の方法はリアリズムでも、真実の微細な一点しか語れない事実というようなものにより所をもとめる年譜や伝のたぐいは、人によっては唾棄すべきものなのだろう。むずかしいことである。

わたしは、生身の小川を知らない五〇年後の読者が読んだときに、孤高の文学者であるが我欲が強く、他者を認めようとしない困った御仁でもある小川の魅力が、短い記載でつたわるようなものを書いておきたいと思っていた。そうすることが小川文学のためによい、と思ったのである。文学至上主義の作家で、作品世界と実生活の温度差のおおきい作家だからである。

年譜や「伝」の類はそういうところに役割をおわなければならないはずだ。常にそう思って書いてきた。存在理由は明確にあるのである。

しかし、とりあえず「評伝第三部」はお蔵入りだ。そう思った。

わたしは紙袋にその五百五十枚の原稿をいれ、ひもで十文字にしばり、マジックで「お蔵」と書いて押入れに放りこんでおいた。

　小説が書けない。考えてみると、無理もないことだとも思う。

小川の年譜や評伝の取材に夢中になっていたここ何年かは、評伝や年譜のための整理の必要から、氏の作品はどのようなものもすべて読んでいた。

しかし、他の作家のものを読む時間はなかった。わたしの頭は想像から遠くはなれて、次々に目の前に生みだされてくる小川作品の分類整理というところへ偏向したままになっていたのである。

　そして会社ではこの時期、営業企画の責任者という社内でもっとも多忙な仕事をおわされていた。

ところが、この時流や市場を読みながら物を売るための策を考える営業企画という仕事は、膨大な予算をつかう宣伝や、セールスマンの販売意欲をあおる褒賞の作成という、要するに成果があがりさえすれば何でもありの、どんなことでも思いどおりにできる仕事で、責任は重大で多忙だがじつにおもしろい仕事だった。そして、この仕事もまた年譜や評伝の仕事が小川から目を離せないように、市場やセールスマンの動きから片時も目を離せない仕事だったのである。

その結果、わたしの内にあったはずの想像の空間、虚の部分は、日々の実業によって埋めつくされていき、いつの間にかわたしはまったくの実務家になってしまっていた。

そんな状態だったので、わたしは『隕石』の原稿締切日を目前にしても提出するための小説が書けなかった。それで『隕石』をしばらく休ませてもらおうと思い、田辺家を訪問した。

「それなら評伝の続きを書いたらどうなの。あれは面白いし、ああいうものは君に合っているよ」

と田辺はこともなげにいった。

わたしは家にかえって「お蔵」の包みを押入れからとりだしてみた。

その原稿「評伝第三部」は、小川が二年八ヶ月の滞欧生活をおえて、五六年七月七日フランス郵船カンボジァ号で帰国したその日から、初めて商業雑誌に小説を発表した六六年九月（「河口の南」を『中央公論』へ）までの、いわゆる、無名時代の一〇年間を書いたものだった。

これだって苦労して書いたのだ、とわたしはしみじみ思った。

五五〇枚の包みは両手で抱えるぐらいのおおきさだった。目方だって相当なものだった。わたしは畳に寝転んで両手で包みをもちあげ、顔のうえで腕をのばしたり縮めたりしてその重みをあじわった。この重み、しかし、これをちり紙交換にだしても、彼らはトイレット・ペーパーのひと巻きもよこさないだろう。さあどうする。

そんなことをしていると、かつてこの五五〇枚のために取材し、黙々と書いていた頃にはもっていたはずの何かみずみずしいものが枯渇して、空洞のようになった頭のなかを風が吹きぬけるような思いがこみあげてきたのだった。

わたしは「お蔵」の包みを枕にして天井へ目をやったままぼんやりしていた。

すると取材で出会った人たちのことがつぎつぎと思い出されてきた。

予告なしのふいの訪問をうけた人たちは、はじめは戸惑いながら、やがて少青年時代の彼らにもどって、眼を輝かせ熱心に語りはじめるのだった。そうした人たちの表情や身ぶりがつぎつぎにうかんできたのだった。

田辺はコーヒーとユーモアを愛した人だった。

芭蕉が、梅若菜丸子の宿のとろろ汁、と詠んだ、その丸子に家を建て悠々自適の日々を送っていた。

わたしの勤め先での仕事は多忙だったが、息をぬく時間はあった。

宣伝の仕事でＴＶ局や広告代理店、ＣＭ製作会社に出かけることもおおく、そうしたおりに勝手に休憩時間をつくって、たいがいは退屈そうにして家にいる田辺家をよく訪問した。

会社は市の東端にあり、ＴＶ局や広告代理店は市のほぼ中心付近に、そして、田辺家は市の西端にあった。静岡は急峻な山から海へ流れくだる安倍川がゆるやかな丘であばれまわってつくったなだらかな傾斜面の市である。会社から車で田辺家へ直行する気になれば三〇分ぐらいでいけた。

田辺が文学一辺倒の人だったら、この時期、わたしはそう頻繁に田辺家を訪問することはなかっただろう。

小説を書きたいが会社の仕事におわれ、その間隙をぬって年譜や評伝のような「事実」から目を離せない仕事をしている者には、いつ行っても歓迎してくれ、おおらかにユーモアをまじえて文学をかたる田辺はありがたい存在だった。

第一にコーヒーがうまかった。田辺はそのコーヒーを神戸の老舗からとりよせていたが、時にははるばる買いに出かけていって、ついでに神戸にしかない珍しい菓子を買ってきてだしてくれた。

その日、鞄に五五〇枚をいれてわたしは田辺家へいった。田辺はいつものように、

「山本君、独身の三十女には手をだすなよ。味をおぼえたら始末におえねえぞ」などと冗談をいいながら豆を挽き、コーヒーをいれ、小皿に菓子をのせてだしてくれた。

田辺の冗談はさえてくる。ある日、つき合っていた女性の家へいくと、女性が不機嫌な顔で天ぷらを揚げていたというのだ。

「今日は天ぷらかい」といって鍋をのぞくと、沸騰した油のなかに藁人形がういている。「なんだいこれは」と聞くと、

「あなたよ、というんだ。ぞっとしたねえ」それから、

「原稿できたの」とわたしの鞄をみていった。

「いえ、小説は書けそうもありませんのであきらめます。それで、先日、田辺さんにいわれたことを考えてみたんです。評伝のつづきをだそうかと思います」

「それならまにあうの」

「もうできているんです」

「そうだろうと思ったよ。手まわしがいいね」

「ところが、長いんですよ」

「どれぐらいあるの」

「五五〇枚です」

「へえ、長いね。一度じゃ無理だな。連載にすればいいよ。一一〇枚ずつだして、五回か」

「一度に一一〇枚だと、負担金がおおくなりますね」

「そうだねえ」

「谷川さんにたのんで県文連の『文芸静岡』にも載せてもらおうかと思うんです、どうでしょう。もし交互にだせればむこうは負担金が少ないから助かります」

谷川は、その頃『文芸静岡』の編集長をしていた。

「一度、聞いてごらんよ」

「交互にだすということでも『隕石』の方はいいでしょうか」

「いいさ。『隕石』も『文芸静岡』も年二回の発行だから、むこうとこっちに順番に連載するということを告知しておけば」

そんなやりとりをして、持参した原稿のあたまのところだけ田辺に読んでもらった。

「これはいいね。こういうのが欲しかったよ」と田辺はいった。

わたしは胸のつかえがとれたような気持ちになった。

そして、谷川のところへいき、相談した。

「交互に連載するのはいいけど、『文芸静岡』は創作部門だけのものではないから一度に一〇〇枚は載せられませんよ。せいぜい五〇枚ですよ」と谷川はいった。

県文連が発行する『文芸静岡』は、創作、詩、短歌、俳句、の四ジャンルの総合誌だった。ジャンルごとに頁が割りふられているのである。

「では、五〇枚ずつ一〇回、交互にならいいですか。つまり、『隕石』と『文芸静岡』にそれぞれ五回ずつ」

「それならいいですよ。是非そうしてください。皆よろこびますよ。それは誰だって読みたいですよ。小川さんが世にでるまえの悪戦苦闘していた頃のことなら。僕らは依然として悪戦苦闘しているんだから」

そんなやりとりがあって、五五〇枚の原稿の第一回目は「評伝小川国夫・第三部（一九五七―一九六八）《アポロンの島》の十年（連載一）」として田辺にあずけ、『隕石』九号に発表したのだった。そして以降を『文芸静岡』『隕石』の順に三年間にわたって連載した。

わたしが「『アポロンの島』の十年」の連載を始めるとき、『文芸静岡』の編集長だった谷川昇は、県文連の創設者で静岡大学教授の高杉一郎について英文学を学んだ高杉の愛弟子だった。彼は同誌の創刊号に小説を発表しているが、その頃は主として詩を書いていた。そんなことからやがて詩部門の編集にかかわるようになり、次いで創作部門の編集を経て編集長になっていたのである。連盟内では部門をこえて多少の無理はいえる立場になっていたようだ。そのおかげもあってことだと思うが、編集会議で谷川が提案する形になったわたしの「『アポロンの島』の十年」の連載に、異議をさしはさむ会員はいなかったようである。毎号かなりの頁をつかわせてもらえてありがたいことだった。

評伝の題名を「『アポロンの島』の十年」としたのは、特に十年という期間を強調したかったからである。ここでいう『アポロンの島』とは、小川が自身の手で最初期の作品群を一冊にまとめた私家版『アポロンの島』のことである。この本は刊行直後から一部の作家や評論家のあいだで高い評価を得ていたが、商業雑誌の編集者や出版社からは声がかからなかった。そして、この作品集の刊行の日から、小川の苦しい十年間の無名時代がはじまったのだった。「《アポロンの島》

の十年」とは小川の無名時代というほどの意味である。

　この〈無名時代〉という表現を、わたしは小川から藤枝の喫茶店マリンバで次のように聞いた。

「無名時代というのは、文学と直接対面して雑念が入らないという意味では非常によい時代ですね。文学至上主義的に作家の命は創作だけだと考えれば、これは逆説的ですが恵まれた時代だということになります。そこを生かすか無にしてしまうか、大事な勝負の時代ということになると思います」

〈無名時代〉は〈恵まれた時代〉というその時代が十年、そしてそれ以前には「僕の経験を、僕は過不足なく表現して、人々に納得してもらい、人々にこの点で尽くしたいと思っている」と丹羽への手紙に書いた〈経験の時代〉としての二年八ヶ月の滞欧時代があった。

　金子博は鵠沼の家で、

「小川さんは時間の金持ちだから、僕のような時間の貧乏人からみると羨ましいよ」といった。

「そう思います。小川さんはすべての時間を自分の文学のためにゆうゆうと使える人ですから」

とわたしもいったのだった。

　そういいながらわたしは、すべての時間を文学のために使うということは、文学一つをとって他をすてる覚悟をしたということだろう、と思った。小川は文学をとって他の一切を捨てたのだろうと思った。

一生働かなくても食うに困らないとか、五三年という戦後間もない時期にパリ大学へ私費留学できる環境に育ったことが、他を捨てる覚悟をしやすくさせたと言えなくもないが、そうは思いたくなかった。

人の生きる条件は個々に異なる。人はみな自らの人生を生きるしかない。貧富の差も、能力の差も、体質、体力の差も、寿命の差も、運の強さも、気力も、一人として他の人と同じ者はいない。その矛盾、不条理を受けいれなければ、初めから人として生きていくことはできない。だから、そういう生の条件は脇において、文学における時間の金持ちになるには、相応の覚悟をするしかないのである。食うための足枷があってもなくても覚悟する者はするだろう。

そう考えると、わたしも芳生も谷川も一章も他をすてる覚悟がなく、目の前に流れてくるものへの対応で多事多端で、どの一つもすてられない生き方をしてきていた。

人の生き方においても不易流行がある。それでいえば小川の他の一切をすてた生き方は不易であり、わたしなどの何も捨てられない生き方は流行のままに生きたということになるのか。

連載が始まると小川は、

「読んでいますよ。あなたの書いていることは全部本当のことだから、いちいち思いだします」

とまったく不快感はないようすで、次の号がでるのを楽しみにしているというのだった。

わたしはほっとしたが、その一方で、何か、どこかおかしい、小川の真意はどこにあるのだろう、と思ったりもした。

天の邪鬼のまえではこちらも天の邪鬼の映し絵のようになってしまう。

僕のことを書いてくれ、といったり、書かれることにあからさまに不快感をしめしたり、その時どきで微妙に色をかえるカメレオンのような反応に向いあうのはもういやだ、という思いをぬぐいさることができなかった。

そのころ、わたしは車のＣＭ作りに夢中になってたのしい日々をすごしていた。

撮影や制作は広告代理店がつれてくる製作会社の専門家の仕事だが、絵コンテはわたしが描き制作にもかなりのところまで介入した。駿河湾岸の防波堤に車をおいて朝日が水平線から昇るところを撮ったりもした。

『隕石』や『文芸静岡』の読者は、わたしが毎号苦労して取材し、時には徹夜で書いたりもしているのだろうと思っていたようだが、実際はすでに書きあげてある原稿を各号の発行の都度編集の田辺や谷川に渡すだけでいいのだからいたってのん気なものだった。

沼津の大瀬崎や能登、中山道、那智、台湾などへ『隕石』の同人に谷本誠剛が加わり旅行したのもこの時分だった。

谷本は静岡大学で高杉一郎とおなじ教養部にいて英語の授業を受け持ち、かたわら高杉にならって英語の児童文学書の翻訳をやったり、児童文学の研究論文を書いたりしていた。彼が県文連に参加するのも高杉の意向を実践するためだった。

芳生は旅行企画の名人だった。旅行はどこへいくのも彼の企画だった。

正月の輪島港では初日の出を拝んで志を新たにしようと宿をでた。

上空を鳶の群れが舞っていた。海にむかって岸壁にならび日の出をまった。しばらくすると、ふいに背後の山から日が昇り、自分たちの影が海面へのびたのである。

えっ、と皆おどろいて山頂の太陽をふりかえった。

太平洋をまえに、山を背にして暮らしているわたしたちは、皆、太陽は海から昇るものとばかり思っていたのである。

小川に「海からの光」という短編がある。荒海を小舟で渡ってくるキリストをキリストとは書かず、光と暗喩で書き、到着を待ちわびる信徒の内奥の在りようを書いた作品である。

ここでもタイトルからうけるイメージは海から昇る朝日である。背後の山からの日の出などおもいもおよばなかった。

わたしたちは「後光が射した。今年はパッと文壇へご登場だ」などと負けおしみをいいながら宿へもどった。

谷川が体が冷えたから温まってくるといって階下の風呂へおりていった。

ところが、じきに寒いさむいと大騒ぎしながら階段をかけあがってきた。水風呂へとびこんだのである。

静岡あたりでは旅館の風呂といえば温泉が常識で、湯は岩間から昼夜をとわずざんざと湧きだし湯船のふちからあふれでている。谷川はくやしまぎれに一句、寒中水泳がどうとかいう句をはきだしたが、それで風邪をひいて学校がはじまってからもしばらく休んでいた。

『静岡作家』を一緒にやった臼井太衛の家へ、同人全員で遊びに行ったのもこの時分だった。臼井は自らの観念形態を具現化するために水車小屋を建て、東京や名古屋、大阪あたりから大勢の学生をあつめていた。原子力発電に反対し、発電所はすべて水力発電にもどすべきだと叫んでいたのである。

水車小屋には裸電球が一つぶらさがっていて、水車がまわるとほのかな明かりが灯り、確かに水力による発電を証明していた。

その辺りは景色がいいから、学生は臼井からひと通り説明を聞いて水車が電球を光らせているのを確認したあとは、むすびをほおばったりビールを飲んだりしながら山峡の空気を楽しむのである。

わたしたち同人も裸電球のともる水車小屋へはいって、多分、水流の加減だと思うが裸電球が明るくなったり暗くなったりまばたきしたりするのを見てから、そこを出て隣に建っているどこかの過疎地から運んできたという古民家の囲炉裏端に陣どって酒盛りをした。

そんな日々をおくっていて、ある日、わたしはふいに気づいたのだった。わたしの内から書きたいという思いが消えうせてしまっていることに。

ＣＭ作りやぶらぶら歩きにかまけていると、気分は爽快で鬱積してくるものはなかった。

丹羽正は小川国夫との共通性を、小川の言葉を引きながら次のように書いている。

〈ある感受性の必然があって、忌まわしいものを背負い込む、ということがある。そういう人間にとって、芸術は何よりも先ず《悪魔祓い》なのである。自分の内の忌まわしいものを、表現されたものに仮託して、自分の内部から外部へ移し入れてしまうこと。それは「対象の中に、自分の内の忌まわしいものを、転化させて、雪が解けるように解かして、どこへ行ったかわからなくする」という願いなのだ。言葉とか表現とかいう問題も、そういうことと切り離すことは出来ない。表現するということと、癒えるということは同じ行為なのである。それは、もやもやと魂を包む忌まわしいものを、一語一語に閉じ籠めて、表現しきってしまえば、自分は癒えると信じる行為なのだ〉。

〈忌まわしいものを、どこへいったかわからなくする、という願い〉〈癒えると信じる行為〉確かにわたしにもそれを希求するときはあった。しかし、それは丹羽や小川のような重いものではなかったのだろう。

そしてこの頃は、CM作りなどによってその〈悪魔祓い〉の代替ができていたのである。多分、躁の波に流されていたのだろう。わたしには中度の躁と鬱の周波があって、どの波の中にいるかということは自分ではたいがいわかっていた。

生物学者で大学教授の杉山恵一は筆まめの人で、昆虫に関する専門書にとどまらず小説や詩を書き俳句もやるという文学好きである。パラドックスの妙手で普段のちょっとした会話にもいたずらが仕掛けられている。

いつかの秋、彼と歩いていると、雁が渡っていく。

「鳥も飛んでいて頭が痒くなることがあるらしい」と彼。「先日見たやつは、飛びながらしばらくモゾモゾやっていたが、やおら足をあげて頭をコリコリやって、せいせいしたように首を伸ばして飛んでいった」

わたしはそれをしばらく信じていた。杉山が名のある学者だからである。

初対面の頃、専門を聞くと、ゴミ虫のミズムシの研究だといっていたが、これも正しくは昆虫の足に寄生するラブルベニア菌のことであるらしい。素人には〈ゴミ虫のミズムシ〉という方が判りやすいということなのだろう。

専門の生物学では『自然環境復元の展望』『ビオトープの形態学』『昆虫の野外観察』『静岡県の重要昆虫』（この〈重要昆虫〉という表現では周辺の文学仲間にさんざ冷やかされた。「昆虫に重要とそうでないのとあるのかい」どう区別するの）『ハチの博物誌』『南アルプス探検』等があるが、自然科学者にしては文人的で、そのナルシシズムと風狂はまさに作家のものである。

『静岡作家』同人の久庭行人（前出）とも親しく、ある日、杉山は久庭の自宅を訪れる。玄関は開いているが呼んでも返事がない。勝手を知った座敷にあがっていくと頭だけだして蒲団をかぶって寝ている。

「おい、起きろ」

杉山は蒲団から出ている頭髪をつかんでおこそうとした。すると頭髪がそっくりはがれて杉山の掌にまといついたのである。

杉山はぎゃっと悲鳴をあげて腰を抜かした。枕のうえに頭がない。恐るおそる蒲団をめくるとそこはもぬけの殻で、杉山の掌の頭髪は久庭のカツラだった。

杉山にもアブノーマルなところは多分にあった。

彼は本業に専念するためのガス抜きとして、小説や詩、俳句を書きつづける必要があったのだろう。

アルコール中毒で視界の先が壁のようにとじてしまう男を書いた『太田河原慶一郎氏の一日』、『豚鷲の止まり木』『藤枝物語』『閑ケ丘物語』詩集『雲の檻』などはその一部分である。〈太田河原慶一郎〉というアル中男の話はつくり話ではない。杉山は酒好きのうえに酒に酔わない体質の男で、ウイスキーを一瓶こくこく飲んでしまってけろりとしていたり、焼酎を一升水を飲むように飲んでしまう男だった。

そしてアル中になる。町をあるいていて視界の先が壁になってしまう。

「道が消えた」「箱から出せ」と通行人が震えあがるような声で絶叫する。そして、病院にかつぎこまれ酒類厳禁となったのだった。〈太田河原慶一郎〉は杉山恵一本人なのである。この作品は彼が自分のアル中体験を書いたものだった。

わたしの『年譜制作者』を読んだ杉山が、素質があるから昆虫採集をやれ、弟子にしてやるといってきた。そして、もう彼が使わなくなった捕虫網や吸虫管や、蓋を開けるのに相当コツのいる標本箱などを用意したので研究室へ寄るようにといってきた。

執念深く何かやるような人種は蝶や蜂を採集するのに適しているというのである。

杉山にいわれて彼の研究室へむかった。

杉山が知っているわたしは小川国夫の年譜や評伝を書いているわたしである。杉山はその徹底したこだわり方や取材ぶりに自分の少年時代を重ねたのである。

彼は熱狂的な昆虫少年で、特に蜂に関しては中学生にしてすでに全国に名をとどろかす実績を持っていた。

その杉山が小川国夫を追いまわすわたしの狂気を同病の友とみなして声をかけてきたのである。杉山はわたしにとっての作家小川国夫と、杉山にとっての昆虫は等価であり、人を熱狂させる獲物であるという認識だったということだろう。

酒類を断った学者先生は相好をくずして迎えてくれた。その喜びようは尋常ではない。ちょうど自分の研究テーマにぴったりの病気をもった患者を見つけたときの医学者のようである。

わたしももちろん喜んだ。杉山に同病の影を見て取ったからである。

そこで、十分ばかり昆虫についての講義を受けたが、たちまち熱の入った杉山が実際の捕り方を伝授するといいだし、背広姿の高齢者に属する二人が捕虫網をかついで、珍しい動物を見るような目で立ちどまる学生たちをしりめに、研究室の裏山へよじ登った。

そこでアサギマダラやスズメバチを捕ったが、学者先生の思わくどおりわたしはそれが病みつきになって、郊外の丘に借りている畑へ行く時にも捕虫網をもって行くようになった。そこで蝶や蜂が現われようものならたまらない。せっかく丹精して育てた野菜畑を蹴散らし、捕虫網をかざして獲物にむかって突進するのである。

日曜日などは丘のあちこちに借り畑の手入れにきている人たちがいて、皆、素人なので何となく横目で近くの畑の様子を見たりしている。そんな時に捕虫網をもったオヤジが狂ったように走りだすので、どうも恐れを抱き始めたらしい様子がうかがえるようになった。そうなるとわたしも具合がわるいのでなるべく穏やかに、にこやかに笑いながら近くの畑の人に近づこうとするのだが、それがかえって逆効果らしい。なかには怯えたような半笑いの顔でそそくさと鍬をかついで丘をくだっていってしまう人もいる。

そうか、一人で畑のなかを駆けまわるからそんなことになるんだ、と気がついた。この道の師でもある学者先生にも来てもらって、二人で蝶を追いかけるところを見せてやれば周囲に平和な笑顔が戻ってくるのではないか、そう気がついたのである。

それで研究室へ電話を入れると、学者先生はカンボジアの薮の中へゴミ虫を捕りにでかけて、帰国はいつになるかわからないという。

阿部昭が来静して県教育会館で講演したのは八七年八月だった。県立高校国語科研修会で毎年、教科書に作品が収録されている作家を招いて研修会を開催していて、この年は阿部昭を招請していた。仲立ちは静岡新聞社の杉山学だった。

この頃の世情の変化はいちじるしく、阿部は人心が文学から離れていくことを最も危惧した作家だった。それをいちはやく身近なものに感じたのは、彼が生活感情を書く作家だったからだろう。八一年には心臓の不調で九日間入院するということがあり、以降あまり無理のできない体になってしまったということもあるが、この頃の阿部は作家としても苦しいところへ踏み入っていたように思われる。

阿部文学は私小説的叙情に詩的研磨が加えられ創出された〈父と子〉の文学である。『大いなる日』『司令の休暇』などに代表される作品は父の死に直面して結実したものだった。

三男だった阿部はかつて司令だった父と、幼児期に事故で頭部を打ち脳に障害のある長男、父とそりのあわない次男、そして母という家にいて、最年少の視点から家族にまつわる多くの作品を書いた。「子供部屋」が六二年、文学界新人賞を受賞し、作家への道を歩むことになる。

このテーマは父親になった彼と息子というかたちに発展して、「子供の墓」「自転車」等の短篇をうみだす。が、やがて息子の成長や時代の急激な変化に直面して、テーマの変更を余儀なくされるのである。

阿部の体調はまだあまりよくなかったようで、時間になっても演壇へあがれず、しばらく隣室で休んでから、啄木の最晩年の詩「家」をひきあいに、自身の小説作法などについて話した。講演が終わって阿部と杉山とわたしと学校側研修会責任者の四人で割烹料理屋へ行き、そのあと居酒屋に移って深夜まで話しながら飲んだ。

わたしがそこに加わったのは杉山のはからいによるものだった。その頃わたしは静岡新聞の日曜版書評欄に書評をたびたび書いていて、阿部作品についても幾冊かの書評を書いていた。

阿部は居酒屋ではもっぱら焼酎のお湯わりを飲んだ。この頃はあまり強い酒は飲まない、焼酎のお湯割ならいい、というようなことをいっていた。

「明日は藤枝へ行って少年時代の切手蒐集の友佐野明君に会います。できれば小川国夫さんにも会いたいので」といった。

え、とわたしは一瞬耳をうたがった。阿部と小川は根っこに志賀直哉をおきながらそれぞれ真逆の文学に身をひたしている。わざわざ小川さんに会いたいというほどの思いが本当にあるのだろうか。阿部は血脈をよりどころに情愛、きずな、を大切にする生活、人生を描き、生活の時限の感情、詩情を文学の基盤としている。啄木詩評もうなづけるものだった。

一方の小川は他者を認めず、社会などないほうがよいとして、孤絶の極まるところを居場所と考え、生を哲学する作家である。初期のエッセイに〈なにが深く衝撃的なのか、この方向に人間性を見きわめて行くのが小説なのだろう〉書いている。

両作家は互いの文学に馴染みがたい思いをもっているのではないか。そうわたしは思っていた。阿部はほんとうに小川に会いたくて藤枝へいくのだろうか。少年時代の友佐野明をたずねるついでに、せっかく藤枝へ行くのだから、同業のようす伺いにたずねてみようということなのだろうか。わたしにはわからなかった。

「ぼくは小川さんの初期のものを二、三作読んだだけであとのものは読んでいません。この頃はどんなものを書いているんですか」と阿部はわたしに聞いた。

「聖書に材をとったものが多いですね。注文に応じてそうなるのかどうかわかりませんが」そういったところで、ふっとわたしの脳裏に「黒馬に新しい日を」の余一が浮かんだ。そして唐突に「希望さえ必要としない充足」(『評伝小川国夫―至近距離から』参照)と、いいかけたところで、阿部の表情が変わった。そして、

「ああ、いやだな、いやだ」と顔をしかめた。

何だって? 希望さえ必要としない充足だと? 人生にそんなものがあるものか、という思いの憤りだったのだろう。

〈黒馬の余一〉についてのわたしの読み方を説明する余裕はなかった。わたしはいいかけた言葉を飲み込こんだまま顔をうつむけるしかなかった。

「飲みましょう。飲みましょう」と杉山がしずまってかたくなった場の空気を吹き払うようにいった。

阿部が少年時代の友人だという佐野明は、わたしとは旧知の間柄である。阿部と佐野は中学時代、雑誌の切手収集仲間の欄をとおして知り合い、その後一時疎遠になるが、阿部が文学界新人賞を受賞したとき、佐野がお祝いの手紙をだしたことで交流が復活していた。八八年、阿部は『挽歌と記録』を講談社より刊行するが、そこには、

　わが来むと勤めを休みて待つ友をいまか相見む四十とせ経つつ（藤枝）

という歌が収められている。これは静岡での講演の翌日、阿部が佐野に会いにいくときの歌である。

後日、わたしは阿部からこんな手紙をもらっている。

〈あの翌日、「藤枝の友」を訪ねて三十五年ぶりに再会、瀬戸ノ谷（注・臼井太衛宅に佐野が案内）というところに遊び、夜は小川国夫さんにも会って、目まぐるしくもまた楽しい一日を過ごしました〉。

しかし、その夜の藤枝の蕎麦屋で撮った写真を、わたしは佐野からもらってもっているが、その写真だと阿部は臼井とひとつテーブルで向かい合い、小川は別のテーブルで佐野とむかい合って腰掛け、どのテーブルにも会話の気配はなく、目線はそれぞれあらぬ方向をむいている。

この年の十一月、新聞諸紙（共同）に阿部は「浦島太郎」と題するエッセイを書く。以下はその一節である。

〈文学を仕事にするということは、単に文学を通して物を見るということではない。その人

間が日々生きていることが、すなわち文学なのである。（中略）今の日本では、文学の言葉は生きる場所を持たない〉。

翌八九年五月、彼は同じ「浦島太郎」の題名でしばらく遠ざかっていた小説を書き始める。が、その直後、それを未完のままにして急性心不全で逝ってしまうのである。五十四歳八ヶ月だった。

会社で宣伝予算の削減をいいわたされたとき、わたしはすでに翌年度の宣伝路線をきめるために広告代理店三社に企画提案を依頼してあった。それを取りさげるために三社をまわった。

かえり道ぶらりと書店にはいった。すると、そこに木下順二の『本郷』があった。

わたしは本郷森川町にいて追分国民学校二年生の三月一〇日、東京大空襲にあい、さいわい家は焼かれなかったが、帝大の周辺に防火帯をつくるという理由で家を市に強制買いあげされ、三年生になって間もない五月、伊豆に疎開した。

家は帝大正門前の本郷通りをはさんだ小路をすこし入ったところにあった。

家のまえは映世神社で、裏の小路を入ったところに徳田秋声の家があった。家のまえの道を初音町の方へむかうと新坂で、新坂上には啄木と金田一京助が下宿した蓋平館（現在は旅館になっている）があり、新坂下は嘉村礒多が住んだ〈崖の下〉の家があったところである。

大空襲は八歳の誕生日から十四日目の深夜である。

本を手にとると「本郷が好きである」という書きだしではじまっていた。懐かしさで胸があつくなる思いだった。

あの頃のことを「書きたい」という気持ちがわきあがってきた。それは木下の『本郷』のうながしによるものだった。

わたしは「私の本郷」「本郷森川町」、そして疎開の途次一泊した伊東でのことを「伊東駅前広場」として書いた。ちいさな感傷的な証言ではあったが。

しかしこの少年時代を書くという試みも、この「伊東駅前広場」でおわってしまった。本社から港湾にある営業所へ転勤になったのである。そして、そこの仕事がわかってくるともうほとんど書けなかった。


この営業所は時折とてつもなく厄介なクレームがもちこまれる営業所だった。

さっぱりした気性の人々の町だったが、なにせ広沢虎造の浪曲で街道一の大親分とうたわれた次郎長で名高い入り江の町である。

社員がうっかりその筋の客につかまってしまうとたいがいひと悶着もちこまれた。彼らは金を脅しとる口実づくりのために物を買うのである。泥酔した漁船員がショールームにきていすわり、警察官にきてもらうこともあった。

こうしたクレームの処理はたいがい営業所長の仕事だった。筋者に呼びつけられ監禁状態が深夜におよぶこともあった。とても小説など書ける状態ではなかった。

田辺は『隕石』一六号に「スティブンソンのいない島」の続編を書き、谷川は「飛魚」を、一章は「海辺の人々」を、九号から同人になった上野重光は「滅郷」を発表した。

しかし、わたしは書けなかった。創刊の頃一番元気だった芳生もまた、一一号に「六十日、あるいは　生を噛む光」という妙に固い題名の空襲体験を書いたあとはふたたび沈黙していた。

一六号がでてしばらくして田辺が心筋梗塞でたおれた。

夜中に突然発作におそわれて七転八倒し、救急車がきたときにはベッドにバケツの水をぶちまけたように汗がたまっていたという。

田辺は酸素吸入の管を鼻につけ、ボンベをのせた手引き車を引っ張って退院した。気丈な人で、「足が弱ると出歩けなくなるから」と、しばらくはそのボンベをひいて家のちかくを歩きまわっていた。

しかし、それからもなんども集中治療室へ運びこまれた。見舞いにいくと、

「一七号の原稿はできたかい」と口癖のようにいわれた。

しかし、わたしは書けなかった。

他の者もどういうわけかペンがとまってしまったようで、誰も書きあげた者はいなかった。そんなふうであっても田辺のユーモアはさえていて、

「原稿が書けない者には、そのうち霊安室から香典の請求書をだそうと思っている」などと書いた葉書を病院からよこしたりした。

その頃までは、皆、てんでに病院によったり、退院していれば家へ顔をだしたりしていたが、一度そろってお見舞をしようということになった。一章はニューヨークに出張していたが、とりあえず近くにいる者だけで見舞いにいった。

「山本君またきたの」と田辺はいって、ひひ、と笑った。

「このあいだね、山本君が一人できて、あんまり心配そうな顔をしていたので僕もね、死にそうな声をだしてサヨナラといって手をふったんだ。その時の山本君の顔ったらないんだよ。わはは」

わたしも笑った。

しかし、その笑いはさびしい笑いだった。皆も笑ったが、その笑いがおさまると、場の沈黙をおそれたのか谷川が、

「天皇と一緒の入院で、めでたいというか、何というか」とへんな冗談をいった。

昭和天皇が入院してまもないころだった。すると田辺はきっと谷川をにらんで、

「わたしの方が五つばかり若いんだ」と怒鳴るようにいった。

田辺夫人がドアのそばにいた上野を廊下につれだしなにか話していた。

「何をいわれたの」と病室をでてからきくと、上野は、

「薬がきいているときには強がりをいったり冗談もいうけど、一人になると不機嫌になって、夜はしくしく泣いたりするというんです。あの人にはもう身内というものがありませんので、何かのときには『隕石』の皆さんにおすがりしなければなりません。その時はよろしくお願いします、

とのことでした」というのだった。

田辺のじいさんがめそめそ泣くなんて想像もつかなかったが、その数日まえには深夜行方不明になって、看護婦が幾人かで手分けして病院中をさがしまわるという騒ぎをおこしていた。その時には屋上で発見され、ベッドにつれもどされたのだった。

「星を見ていたんだ」と田辺はいっていた。

九〇年の秋、田辺秀穂は旅だった。八一歳だった。

『隕石』はだれも宣言こそしなかったが、この時点で事実上終刊となった。

田辺は単行本にすれば四、五冊分になる作品を書いていた。「スティブンソンのいない島」のような資料的価値のたかい作品もある。しかし、作品集はださなかった。だしてはどうですかと進言したこともあったが、

「この年になって本をだしたっていまさら世にでられるわけじゃないし、第一読む人はいないよ」

などとかわしてとりあわなかった。

九二年、『隕石』の同人たちは田辺夫人の意向をうけ、谷川を中心にして遺稿集『スティブンソンのいない島』の刊行をてつだった。その時が『隕石』時代の終わるときだった。

港湾の営業所にうつってしばらくしたころ、小長谷静夫がぶらりとショールームへはいってきた。県文連に所属する詩人で静岡の高校で生物を教えていた。

「グラフがすごいですね。何のグラフですか」

「社員個別の営業実績です。目標が枠どりしてあって契約するとその枠のなかをぬりつぶしていくんです」

「月ごとの目標ですか」

「月ごとですが、日々、契約、品種、売りあげ金額等をいれていきますから、日別にも週別にも一目でみえます」

「きびしいですね」

「いや、ゲーム感覚ですよ。こういうことをたのしむのが営業の人間の生きかたなんです。これをきびしいと思うような人には営業はできません」

「僕には無理だな。でも協力はできますよ。今日はクルマを買いにきたんです」

わたしは二、三日前、小長谷が勤めている学校へ転勤のあいさつにいった。授業中であえなかったが、小長谷の車のワイパーに、

「クルマ、買ってください」と書いた名刺をはさんできたのだった。

その単純明快な書きかたがおもしろかった、と小長谷はいった。帰宅して奥さんにその名刺をみせたら、奥さんもおもしろがって、買おうということになったのだといった。

「高級車はいらないから狸蕎麦にします」と小長谷はいう。

「狸蕎麦？」

「かけ蕎麦の一つ上、つまり一番下から二番目のクルマを」

「ああなるほど」

小長谷はその場で狸蕎麦に相当する車を契約してくれた。

彼の家は市の北の山沿いにあった。

勤務先の高校は南の海の近くだった。勤めをおわって帰宅するのに、まったく方向の異なる駿河湾岸の崖と海にはさまれた道を港湾の町まできてくれたのだった。

別の日、いつものようにたち寄った彼は、冗談半分にわたしに質問した。

「セールスマンに成績を上げさせるにはどうするの」

「ゲーム感覚でゴールを意識させ続けることですかね。途中を意識すると考え込むから、途中は意識させないようにして」

「ふーん」と彼は聞いていたが、しばらくしてまたやって来たとき、

「このあいだ京都の方へ旅行したらさ、終点なんだけど〈途中〉というバス停があってさ」とにやにや笑って、

「こんな詩ができたんだけど」といって原稿用紙をひろげてみせた。

〈『途中』考序説〉という詩だった。

「そのあたりを途中峠といって、大原からバスに乗ると、そのバスは〈途中〉が終点で全員そこで降ろされてしまう」

「〈途中〉で降ろされるわけね」

「そう」

「困っちゃうね」

そして、二人で笑った。

ことしの夏／京都へでて大原に行った／寺院のことは略す／いまとなっては／目的地でもなんでもない／ふっと宙にういた／スプーンのようなもの？／街道は京都から滋賀にむかって／二本の白い箸のように並んでいて／いずれもバスが走っていた／その箸が／ものをはさむように／一点にかさなる一帯を／「途中峠」というらしい／大原の駐車場で客を待つ／そうして、暑いいちにちをじっと過ごす／バスの前後にそのようにかかれていた／―このバスは／途中までしか行きませんよ／ええ、

結構ですと誰がいいきれよう

「途中」の旅から帰った小長谷が、事業所で差し出した詩である。

末尾には、「途中」‥①ある場所に行き着くまでの間。②物事がまだ終らないうち。『角川新国語辞典』より、と（注）がつけてある。

つまり「途中」とは、小長谷の（注）をまつまでもなく、定かには把握しがたいある進行途上の、ここといえない一点をさすのであり、その一点は定点のようでも移動しつつある点のようでもあるという点ということになる。

そしてこの曖昧な一点こそは、小長谷の詩から特徴的にたちあがる心性であって、どこにも中心はなく、どこにも所在のない、いわば存在の灯影のようなもので、そうでありながらその灯影の暗示するものは、存在と非存在のあわいに確かにあるものとして示される。

小長谷の詩はこの詩でもわかるように、純粋に日本的な中空性と不在性によって生ずる心性のさきに立ちのぼってくるもののように思える。

この頃、彼は心酔する生物学者丘浅次郎の評伝を書く準備をしていた。

彼はわたしが書いた小川国夫評伝を評価してくれ、丘の評伝を書くための参考にしたいといった。そして、その後も帰宅途中に週に二、三度はやってきて話しこんでいった。

彼がよってくれると気分転換ができてうれしかった。それで、自分が年譜や評伝を書くときにとった方法や資料の整理の仕方などについてはなした。

東京教育大学農学部出身の小長谷は、そこで生物科学系動物分野の創始者といわれる丘浅次郎を知り、『進化論講話』『生物学講話』などの著作からしだいにその魅力にとりつかれ、丘の世界に入って行く。特に『生物学講話』はのちに『生物学的人生観』と改題されるように、丘の人生観を反映させたもので、詩人の魂をもつ小長谷が魅せられるに充分な魅力を備えていた。

小長谷は丘の評伝を書くために高校を早期退職し、講師になって授業はそれまでどおりつづけながら、静岡大学で丘の事績に関連の講義を聴講し、評伝執筆のための資料を集める。磐田市竜洋町（現・掛塚砂町）の丘家の墓や、東京・谷中の浅次郎の墓にもお参りをしてきた、といっていた。

そして、試みに「丘浅次郎小伝」を書くのである。これは『静岡の文化』八号に掲載されている。こうした経過を筆者は、前述のように埠頭に近い事業所にいた頃、そこに寄ってくれる彼からつぶさに聞いていた。

彼は丘浅次郎について熱心に取材し資料をあつめた。そして、

「そろそろ書き始めようと思うのでしばらくよらないかもしれません」といってぱたりと姿をみせなくなった。

しかし、彼は書きはじめたわけではなかった。わたしの営業所へよった頃にも、

「食欲がない。食べられない。背中が痛む」などといっていたが、それが胆嚢癌だったのである。

彼は入院した。見舞いにいくと、

「評伝を書くことと、もう一冊詩集をだすことの二つは、どうしてもやりたいからはやく退院したい」といった。

しかし、彼は退院できなかった。評伝も詩集もそのままにして逝ってしまった。五七歳だった。

小長谷の生と死をおもうと、向けどころのない怒りにも似た、いいようのない感情がわきあがってくる。その生涯はまさに「『途中』考序説」だった。

高杉一郎は戦前戦中と改造社『文藝』の編集長をつとめ、終戦直前に応召して大陸にわたり、

終戦でシベリアに抑留され、復員後スターリンの圧制と収容所の実態を書いた『極光のかげに』を目黒書房より刊行する。ベストセラーとなるが、スターリン批判をふくむ見たままのまっとうなこの報告を、否定し、圧殺しようとする観念だけの社会主義者集団においまわされ、不当なあつかいをうける。

高杉は静岡大学教養部に席をおいて英文学を担当するが、身についた編集者の血がさわぎはじめ、大学の授業だけにおさまりきれないものがわきあがってくる。高杉はそれを学外へむけて広げていく。

県文連を創設するのが六三年、同じ教養部の谷本誠剛らの若い教授らとイギリス児童文学会を創設するのが七一年、その初代会長となって、国内の英文学会にイギリス児童文学をあらたな研究課題としてみちびきいれるのである。

高杉の児童文学との出合いはシベリア抑留中のイルクーツク捕虜収容所にさかのぼる。そこの暗い電灯の下でウオロンコーワの「町からきた少女」を読んでいると、主人公のワーリャの運命が日本に残してきた三人の娘の運命とかさなってぼろぼろ涙がこぼれたという。

〈私の児童文学というのは、ファンタジーがどうのこうのというハイカラな議論からではなく、身につまされた身近な人生からはじまったので、どちらかというとロシアふうである〉と高杉は「私と児童文学」に書いている。厳しい抑留生活のある日の読書、それも幼い少女むけの物語を読むところから始まっている。

一方の谷本の児童文学は、学者として正面から作品に向き合うもので、評論「児童文学の表現について」では、児童文学における表現の直接的でおおづかみに状況をとらえる方法と語りは神秘的であるとして、『ドリトル先生航海記』を中心に、その表現方法の妙にせまるものだった。

谷本は七八年、県文連『文芸静岡』の編集運営委員長に就任する。この組織と会誌はたびたび解散終刊の危機に直面してきたが、そのつど幹部会員たちの踏みこんだ話し合いによってのりこえてきた。

この年、五月に噴出した問題は財政苦境だった。

一時休刊して、県文連を静岡ペンクラブ的なものとして存続させてはどうか、といった案が真剣に討議された。

この時、「会誌は一度休むと再刊が難しい。ここは頑張りたい」と声をあげたのが谷本だった。創作部門の会員がそれに同調した。

「では創作部門が牽引車になってくれ」

「承知した」

それで『文芸静岡』の継続発行がきまったのだった。

名誉委員長に小川国夫をおき、編集運営委員長に谷本が就任、大賀溪生が事務局長と編集長を兼務するという新体制が発足した。

『文芸静岡』は年二回発行のペースにもどり、若干の会費の値上げはあったが新たに会報も発行し、「文芸創作鑑賞講座」を開設するまでになっていく。

この講座はやがて「文章の書き方講座」に発展し、谷本誠剛、大賀溪生、谷川昇の三人が講師になって実作指導が始まる。

谷本はこの講座でやったことを整理し、『町の文章教室』と題して刊行している。

谷本は『児童文学とは何か』で、子供の心の発達にあわせて、心に描き出される物語がどのようにかわっていき、そのとき児童文学はどうなっていくのかを具体的な例を示しながら論じている。

○○ごっこ、という子供の遊びは、迫真の演技で演じられる。それは自覚されたフィクションであり、児童文学や子どもの心の物語における最も重要な特質である、と谷本はいう。子どもの側から考える児童文学である。

『児童文学キーワード』のつぎのような一節にも、谷本の姿勢はよくあらわれている。

〈児童文学が児童文学たるゆえんをたどろうとすると、当然その根拠となるのは、子どもというこのジャンルの作品プロパーの読者のあり方ということになるだろう。子ども読者には子ども読者特有の認識や発想があり、そのことが児童文学という物語文学のありようを規定していると考えられるからである〉

○五年、谷本は病に倒れかえらぬ人となるが、絶筆は『文芸静岡』七四号の「キリスト教の神話と自然の神話」だった。

アニミズムが発想したことをキリスト教が引きつぐのは、再生という魅力的な想像が関係していた、というところで語られるこの西洋人の精神史は、死を意識した谷本の心をおもわせて胸がつまる。

「また同人誌を始めようか」

わたしから曽根一章に持ちかけた。

『隕石』の後期には一章が一番早く原稿を提出していた。書くのも早く、原稿も少し溜まっているようなことを言っていた。

「やろう。誰に声をかける」

「谷川さんと芳生さんだな」

「芳生さんはあれ以降まったく書いていないようだよ」

「兎に角、この二人に声をかけてみよう」

しかし、谷川はもう同人誌はやらない、といった。

「これからは同人誌では出ていけないよ。僕は懸賞に応募して一発勝負でやることにする」と。

そして芳生は、

「書けそうもない」といった。

「書けそうもないということは、書く気持ちはあるということだろ。谷川さんが入らないのなら俺たちの中では芳生さんが年長なるから、彼を励ます意味で主宰にしてはどうだろう」

一章もそれに賛成した。

話を芳生に持っていくと、彼も乗り気になった。取りあえず集まって誌名を決め、編集方針を相談することになった。

誰がいいだしたのか、第一回の同人会は小川国夫、丹羽正、金子博の三氏が『青銅時代』創刊のための会合をひらいた藤枝志太温泉の潮生館で行うことになった。

『青銅時代』にあやかり、小川のように今度こそ世にでたい、というのがそこにきめた理由だった。縁起をかついだのである。

『静岡作家』『隕石』とながいことやってきたのにどうにもならないのだから、いまさら縁起をかついだところで作家として世にでることなど無縁というものだろうが、それでもこりずに旗あげをし、旗あげのときにはいつも世にでてみせると見得をきるのである。野心はあるが才能がない、のひと言につきるのだろう。それでも、何とかなるかもしれないではないか。

「そうさ。縁起はかつげるだけかつごう」

岩崎芳生が主宰になり、彼が新しく工場を建てた藤枝の潮を発行人住所にした。

小川は藤枝で書いていて世にでたのだから、われらの新しい文芸同人誌も藤枝の住所にしておくほうがよいだろう。みる人がみれば、そして藤枝とあれば、

「おや、小川国夫さんの住む町からでた同人誌ではないか。読んでみようか」ということになる

に違いない、というわけだった。

唾棄すべきつぶやき。つまらない冗談をいうようになったものだ。ああもう駄目だ。このギャングにジャンキーはいない。皆、毒気がぬけてフツーのケンコウ人になってしまっている。

そう思いながらもその思いはふせて、たがいにいくつか誌名をあげ『椅子』ときめた。

「これがおれたちの椅子、という作家の椅子」

なにが作家の椅子だ。同人誌作家に椅子などあるものか。

第一回の会合に芳生は友人で詩人の荒尾守をつれてきた。

創刊同人は、岩崎芳生、曽根一章、荒尾守、山本恵一郎、の四人だった。創刊号の発行は、九二年一月二一日である。

この『椅子』にわたしはリストラに翻弄される会社員の自分を書いた。

「風薫る五月というに」「水の囁き」「彼方の場所」……。

初めの約束は発行は年二回だったが、初年度だけ二回発行したものの、以降は年一回がやっとだった。

バブルが崩壊した。時代は加速度をつけて更にきびしくなっていった。

芳生の経営する精密機械部品製造工場は順調だったし、荒尾は地方公務員で安泰だった。わたしと精密機械製造会社にいた一章がリストラにまきこまれた。

わたしの場合は、会社が名ばかりの子会社をつくり、そこへの異動辞令をわたしてよこした。

事実上の首切りである。社長は一言、
「何をやるかは君の自由だ。何をやってもいいが、自分の給料は自分で稼ぎだしてくれ。準備期間として四ヶ月間、いままでとおなじ額の給料をやろう。しかし、その先はもう本社からはだせない」といった。

小切手でわたされた退職金は三十数年勤めてもこんなものかというぐらい額がすくなかった。いつのまにか規定改定されていて、前年に定年退職した先輩からきいていた額の半分しかなかった。

「こそこそ文学なんかやっているからこういうことになるんだ」という陰口がきこえてきた。そういうことをしてきたことをリストラの口実にされたかもしれないという思いはあった。しかし、ふさぎこんでいる暇はなかった。てっとり早く確実に儲けのでる事業をおこさなければならなかった。

本社敷地内にガソリンスタンドを建設することをおもいついた。それまではすべての車に町のガソリンスタンドで給油していたのである。

異動辞令をわたされてから二週間後に、この企画書を本社の社長に提出した。どんな反応がかえってくるのだろうとおもいながら企画書をよむ社長の顔をみていると、社長はその場に総務部長をよび、至急検討するように命じた。そして翌日には許可の内諾があり、提案どおりもちまわり稟議で決定した。

そういうことをしながらもわたしは、芳生や一章とは割合頻繁にあっていた。芳生は小説こそ書けないと嘆いていたが、たちあげた会社が順調でいつ会ってもおおらかな顔をしていた。

しかし、一章の場合は、彼はこの頃から奈落へ落ちたかと思わせるような荒れかたをしていった。

リストラになるまえの彼は海外営業部に所属していて、ながく東南アジア担当をしていた。韓国、香港、台湾等の企業をまわって精密機械を販売していたのである。

この仕事には楽しみがついてまわったらしい。商談を有利にすすめたい先方の思惑から、どこへいっても接待係が酒肴をととのえて待っていたという。一人で外国を旅しながらもてなし攻めの商談をまとめていく。そういう日々が何年もつづいたのである。

結果彼が身にまとうことになったものはどのようなものだったのだろう。彼の書く小説や短いエッセイは、漂泊者の視界によってなりたっていた。

やがて彼はアメリカ担当になり、ロサンゼルスやニューヨークへの出張がおおくなった。そして、会社が株式を上場することになると、総務部へ配置がえになり、その準備にとりくんだ。そしてバブルの崩壊だった。彼はリストラ案をつくらされ、おおくの社員を整理し、彼自身もそこで腹を切った。

一章があきらかにかわったのはアメリカ担当になった頃からだった。ストレスは東南アジアの比ではなく、帰国すると泥酔するまで酒を飲み荒れた。トラブルから被害をこうむった男に会社へのりこまれたこともあった。

会社をやめた彼は、しばらくは国内の気ままな一人旅を楽しんでいた。が、やがて軽トラックを購入し、宅配便の下請け配達員になった。そして、

「俺の血筋には安倍の悪常といわれた悪党がいたが、その血がこの頃俺のなかでさわいでこまる」

というようなことをいいだした。

しばらくして四、五十枚の小説を、読んでみてくれといって持ってきた。その題名もたしか「安倍の悪常」だったようにおもう。この小説のできはよくなかった。率直な感想をいいあう仲だったのでそういうと、彼は落胆してふさぎこんでしまった。

彼はわたしの家へきてどさっとすわりこんだ。そして、

「ホームレスになりたいとおもって、この間そういう男のあとを一日ついてまわったんだ。どんなすごし方をしているのかと思って。あれは大変だ。俺にはとてもできない」といった。

その頃のことである。冒頭紹介したように、居酒屋おかめで一章がとびかかってきてわたしととっくみあいを演じたのは。

彼はたしかにおかしくなっていた。

酒を飲まないときにはおりめただしい、言葉づかいも洗練されたビジネスマンを装っていた。しかし、酒がはいると豹変した。いまどきこういう酔っ払いはめずらしい、と誰もがいった。彼は敗戦直後の酒の質が極悪で、どうしようもない酔っ払いが巷にあふれていたあの時代を一人で

再現したのである。

わたしが彼に腹をたてたのは、正気のときにまじめに話しあったことを、酒に酔うと人前でもちだしてまぜかえしながら揶揄することだった。

一章の天の邪鬼は、小川のそれとも、E・A・ポー「黒猫」の〈わたし〉のそれとも異なるあらわれ方をする拗ね者の天の邪鬼だった。

酒の席にはたいがい芳生もいたので、一章は翌朝、芳生に電話で注意され、二日酔いの泥酔のまま車を運転して詫びにきた。そういうことが二度三度とつづいた。そして、どういうおもいからだったか、

「小説はもう書かない」といった。

「小説をやめることはないだろう。酒をひかえればいいんだ」とわたしはいった。

「悪かった。酒はやめる」そういって帰るのだが、またすぐに飲んでいた。

いまおもうと、この頃の彼は酔いがさめるのが怖かったのかもしれない。酒の酔いが必要な精神状態に堕ちていたのかもしれない。

だが、小説は書きつづけていた。しかし、その世界は閉塞していて、人間の憂鬱ないとなみからぬけていくところがなかった。

彼の書きかたに一瞬たりとも青空の仰げるところがあれば、とわたしは思った。

一章がそういうものを書かなかったのかというとそうではなかった。彼は原稿用紙、二、三枚

のエッセイを幾つかのこしているが、そういうものにはぬけていくものがあって、それはよいエッセイだった。

小説もそのように書くべきではないのか、というのがわたしの見解だった。そして、そのことをいったり書いてしめしたりしたが、彼はそれを酷評のようにうけとってわたしと距離をおくようになり、あうと挑戦的になって決闘をいどむような展開になっていった。

それでもわたしたちは、芳生も一章も、どこかに戦友としての共生感があった。武器もなく、才能もなく、運もなく、しかし、それでも戦線の塹壕にいて、この戦線で死ぬ覚悟の戦友のつもりだった。

ところが『椅子』の七号が出る頃、一章は港の詩を書いていた岩崎豊市をさそって、二人で文芸同人誌『燔』をたちあげたのだった。

主宰は一章だった。『椅子』は発行のテンポが遅い、書きあげたものをすぐに活字にしたいからもう一誌たちあげたい、だから『燔』を創刊する、それが表むきの理由だった。そして、しばらくして『燔』が発行されると、そこに芳生が参加していた。

この時点で、わたしはもう『椅子』は終刊だろうと思った。

前述のごとく『椅子』は発案者こそわたしだったが、芳生を励ますために主宰におした経緯があった。その芳生がなにもいわずに『燔』へうつってしまったのである。

創刊のとき四本あった『椅子』の脚は、荒尾が体調をくずして事実上三本になっていたが、それでもしっかりたっていた。それがさらに二本折れてしまったのである。

わたしの同人誌への情熱は急速にうせていった。

しかしわたしは、芳生にも一章にも抗議めいたことはひとこともいわなかった。彼らがそうしたいのだから仕方がないことだった。ただ、つよがりをいってみたくて、

「もう同人誌の時代ではない。おれは一人でやることにする」と、かつて谷川がいったセリフを借用していったりしたのだった。虚勢を張ったのである。

そんな状態だったから、

「風邪がなおらない。調子がよくない」と、まったく病気などしたことのない一章がいいだしたという頃のことは知らなくて、くわしい検査をうけたら喉頭癌だったときかされておどろいたのだった。

手術の日がきめられ、それが二度延期になった。わたしは病院で一章からそう聞いた。

しかし、それは医師と家族の、彼への配慮だったのだろう。

芳生が一章を担当する医師に会い、なぜ手術を延期するのかただした。それによると手術ははじめからできない状態だったらしい。

二〇〇〇年一月、一章は逝った。五十九歳だった。

翌年、岩崎芳生、桜井昭夫、わたしの三人で、曽根一章遺稿集『岬』を編纂した。

その時、わたしは小説と小説の間にインターキャプターとして彼の短いエッセイをはさみこむことを提案した。ヘミングウェイが『われらの時代に』で試みているように。一章の短いエッセイは蟻の穴から空が垣間みえるような慰めを感じさせる。その短いエッセイをはさみこむことで、個々の小説もそこを解放口にして閉塞感をまぬがれるはずだ、そうわたしは思っていた。

芳生と桜井の賛同をえて、作品集はエッセイをインターキャプターとして編纂した。すると、全作品は見事に調和し、鮮やかに曽根一章文学の世界を出現させたのである。

こういうことに気づいてもらいたかった。

わたしはおりに触れ意識して発言したつもりだったが、一章は耳をかさず、自作のありようにもうひとつ気づかないまま逝ってしまったのだった。

『岬』以前に、彼は『塩津海岸通り』『死者たちの浜行き』の二冊を残している。

小川国夫の「命への考察」のなかに以下のようなくだりがある。

〈正直いって、現在のわたしは、世間に対してそれほどの劣等感を持っていない。あのこともこのこともわたしの劣等意識の因となるという程ではない。現在の状態は、劣等意識の時代の終熄を告げつつあるといってもいい。比較的調和的な気持ちになる日など、劣等意識がわたしに多くの贈り物をしてくれたと思う余裕もある。

> 　しかし一方に、ぼんやりした別の怖れがある。それは、終わるべき命と自分の選択についての関係だ。この怖れは五年程前から、わたしの中に続いて今に到っていることだ。わたしが今の状態の継続の中で死ぬということは、ほぼ避け得られない気がする。わたしが文士の立場を保つことは正しいことであろうか〉

〈劣等意識がわたしに多くの贈り物をしてくれた〉というくだりについては『評伝小川国夫―至近距離から』で詳述（「黒馬に新しい日を」）したのでここでは触れない。問題は〈わたしが今の状態の継続の中で死ぬということは、ほぼ避け得られない気がする。わたしが文士の立場を保つことは正しいことであろうか〉、このように自問する〈終わるべき命と自分の選択についての関係〉についてのくだりである。

　特に違和感を感じるのは〈文士の立場を保つことは正しいことであろうか〉というくだりである。では小川は〈文士〉として何を書きたくて書き続けてきたのか、という疑念である。（わたしは『評伝』で内奥の気象の造形化を指摘したが）そして、もう一つは、小川国夫の「命への考察」を空相化してしまう、小長谷静夫の詩「『途中』考序説」が脳裏によみがえってくるからである。

> 　いまとなっては／目的地でもなんでもない／ふっと宙にういた／スプーンのようなもの？
> （「途中」：①ある場所に行き着くまでの間。②物事がまだ終らないうち）

小川は所謂無名時代の六二年四月、『青銅時代』同人の丹羽正にあてた手紙で〈文学の中で、いわば創るということの中で果てる者だ〉と文学にとりくむ決意を書きおくっている。文学至上主義をつらぬき、個に徹して生きる小川においすらなお、その決意と経過と現状は、その命によって育み継続してきた一切のものの中断の予感をまえにしてゆれ動くのである。そしてここでも〈創るということの中で果てる〉と、書くことの意味を〈創る〉と表現していて、こういうところにはっきりと小川の作家性をみることができる。

田辺の死は彼自身にとってどういうものだったのだろう。田辺は死がまぢかになると幼少年時代の夢をみつづけていたらしい。うわごとでも、ふと意識がもどっても、幼少年時代のことが口をついてでた。

小長谷は書きたい評伝の資料を準備し、方法もきめ、さあ書きはじめようとしたときに死にさらわれた。その死の直前に見舞うと、こんな力がどこにのこっていたのだろうと思われるような力でわたしの手をにぎり、いつまでもはなさなかった。やりたいことができずに去っていくことが悔しかったのだろう。その渾身の力は彼の命そのものをおもわせ、感触はいまもこの手にのこっている。

一章は処女作から一貫して孤独な旅人を書きつづけてきた。その諦観は極まっているかにみえた。しかし、病にふすと仮面ははげおち、無頼のよそおいも霧消して、現世への未練に泣きつづけた。その生々しい人間味は周囲の人々にむしろ好ましい印象をあたえ、つよく記憶にのこることになった。

誰もみな小長谷の「『途中』考序説」のそとへのがれて、決定的な帰結点を獲得することはできないのである。

わたしは参加した同人誌が終刊をむかえるたびに、一時代がおわったという感じをつよくもった。

『静岡作家』時代をかわきりに、『隕石』時代、『椅子』時代というように。主題も書きあげた作品も〈時代〉によってことなる群れをつくっている。

わたしは文芸同人誌に小説を発表しながら、一方では依然として小川家を訪問し、年譜を制作し評伝を書きつづけていた。しかし、著作目録と参考文献については、ある時期から高柳克也がやるようになっていた。

ある日、小川家を訪問したとき綏子夫人が、

「あなたはいろんな人が国夫さんの年譜をつくったり書誌の仕事をやったりするの、お嫌ですか。気になりますか」と聞いてきたことがあって驚いた。

「いいえ。そんなことはありません」とわたしは答えたが、思わず何ということを、と言いたくなって、いらだちをおさえることができなかった。

なぜ小川はわたしにやってくれと頼んでおきながら、ほかの人にも頼むのだろうと思っていた。

N出版社からの文庫本の年譜を、その頃〈小川国夫を囲む会〉にきていた年譜のことなど何も知らないH嬢にまわしたりもした。

正直いって、高柳がかつてのわたしのように図書館で新聞をめくり、雑誌をめくって資料あつめをしているのをみると、わたしはようやく解放されたような気持ちになるのだった。彼は心底そういうことがすきで、生きがいを感じていたようだった。しかし、この時点では、わたしと高柳とはほとんど交流はなかった。彼はわたしがやっていた資料関係の仕事をいつのまにかやりはじめていて、あれ、と虚をつかれたような感じだったのである。やってくれるのならそういってくれればいいのに、と思ったくらいだった。

知り合ってから聞くと、

「小川さんにやらせてくれませんか」といったら、

「では、やって下さい」といわれたもので、というのだった。

小川は自分のことには神経質だが、他者にたいする想像力が欠如している。

こういう年譜や著作目録のような資料にかかわる仕事は、モノマニアックな病的な精神がとりくませ継続させるようである。まさにジャンキーの仕事なのだ。そして、その精神はどうやらナルシシズムによってささえられているように思える。

小川はわたしには何もいわなかった。著作目録や参考資料に関する仕事を君に長年やってもらったけれど、この先は高柳克也にやってもらうことにする、ともいわなかった。わたしが気づいたらそうした仕事を高柳がやっていたというだけのことだった。わたしは糸を切られて浮遊する風船のようなものだった。腹の底から怒りがこみあげてきた。年譜や評伝の仕事も高柳に、高柳でなければほかの誰かにやってくれといっているのかもしれない。

　だが、少し時間がたつと、わたしはほっとした気分にもなった。取材や資料あつめではにがい記憶がつきまとっていたから、そういう仕事がほかの人にうつったのなら、わたしはもうこういうことはもうやらなくていいのだという思いだった。

　そしてその頃には、以前から頭のすみにあったヴァレリーの伝記にたいする見解や指摘が気になりはじめてもいたのだった。

　ヴァレリーは『ドガに就いて―ドガ、ダンス、デッサン』（吉田健一訳）でいっている。

〈我々は不完全にしか知られていない事実に基づいて想像する我々の能力というものが、どの程度なものであるかを理解することが出来る。それからまたかかる比較は、いわゆる伝記とか、延いては一般に歴史と言われている種類の著作とかが、いかに空しいものであるかを我々に示すものである。しかしそういう比較は更に重要なことを教えるのであって、それは、我々が実物に接した場合、我々の観察が概して非常に不正確であるということであり、また我々の眼がそれ自身捏造したことしか見ようとしないということなのである。すなわちその意味で観察するということは、多くの場合、単に観察の対象が我々にはかくのごとく見えるだろうという期待に従って想像することに過ぎないのである〉

年譜や伝記的事実を中心にした評伝などのわたしの記述は、はたして作家の真実をつたえうるものになっているのだろうか。なっている、とわたしは信じたかった。わたしがやってきたこともまた必ず何がしかの真実をつたえうるものなのだと。そうでなければわたし自身が半世紀やりつづけてきた年譜や伝記的事実にかかわる仕事を、自から否定しなければならなくなる。それはおおげさにいえば、わたしの存在理由の有無にかかわることだった。

　わたしのいらだち、小川自らに年譜や評伝の執筆を頼まれ、時間をかけて取材し、書きながら、この仕事が必須のライフワークたるに値するものなのか、それとも単に作家が作品を売るための本に衣装飾りとして添えおくだけのものなのか、と考える。後者なら苦労して取材し書く価値はない。ましてヴァレリーの指摘にあるように、それが〈いかに空しいものであるか〉ということになるのなら。それでも頼まれたからやるというのはどういうことなのか。小川は作品がすべてと思っているわけではないのだ。こうしたことを作家として世にでた直後の最初期の段階でわたしに頼むのだから、作品を発表する本に、それを書いた作家の客観像も副えておきたいと考える人なのだろう。そうだとすると小川は本当の自分の客観像を必ずしも欲していたわけではなかったのだろう。本当の自分よりも、発表する作品に相応しい想像上の好ましい作家像を書いておいてもらいたい、ということだったのではないのか。それならば実直にこういう仕事をするわたしに、丹羽正がいう〈デモーニッシュな天邪鬼〉が折々顔をだす、という事実も解ることになる。悲しむべき事実である。

わたしは疑心暗鬼にとらわれて苦悶していた。資料収集の中断には、単に高柳がそれをはじめてくれたというだけではなく、こうした迷いも関係していたのだった。

しかし、こうしたことは一度中断すると憑きものがおちたような状態になるのである。

わたしはしだいに小川家から足がとおのいていった。どうしたらいいのか、わたし自身にもよく解からなかった。説明できない空虚に支配されたのである。

静岡新聞社の寺田行健から電話があったのはそんな時だった。

「明後日の晩、七時頃、昭和町の車屋へきていただけませんか。小川さんが小沢書店から全集を出すことになって、その打ち合わせをかねて一杯やるんですがね。小川さんが山本さんをつれてきてくれっていっているんですよ。こられますか」

全集をだすというからには、年譜の依頼かな、とわたしはすぐに思った。

河出書房新社から『小川国夫作品集』が刊行されたのは七五年だった。あれから一四年になる。全集がでるのは喜ばしいことだった。

しかし、わたしは気持ちがたかぶらなかった。資料収集の中断、耳底に響くヴァレリーの声。そういうところから年譜や伝記のささえである事実というものの正体について悩んでいたからでもあった。

しかし、小川から呼ばれているとなれば行かないわけにはいかなかった。

「七時は無理ですが、仕事がおわってからということでよろしければ」

「いいでしょう。ではお願いしますよ」

そしてその日、わたしが約束の時間をはるかにおくれて車屋へはいっていくと、小川をはじめとして、小沢書店の長谷川郁夫、全集の装幀を担当する司修、さきに電話をくれた静岡新聞社の寺田、同社の杉山學など総勢十数名が、せまい畳の部屋に方形につくった席をかこんで飲んでいた。

だれが席をあけてくれたのか、わたしは小川の隣へはまりこむようにすわった。

皆すでにかなり酔っていた。そして、そこの座はもうおわりかけていたので、わたしに待たされたおもいでいたかもしれない小沢書店の女性編集者が、せっかちにわたしのまえに『小川国夫全集』のパンフレットの見本をひろげていったのだった。

「年譜は山本さんにやってもらうことになっています」

「え？　いえそういう話は聞いていませんが」

わたしはパンフレットの見本を手にとってみた。下段に年譜にあてるスペースがとってあり、そこにわたしの名前がはいっていた。それをみるとなぜか、ふいにわたしの内に不快感が湧きあがってきたのである。天の邪鬼はどこにもいるのだ。

「いま年譜にいきづまりを感じて苦しいことになっているんです。誰かほかの人にたのんでいただけませんか」精一杯冷静をよそおってわたしはいった。

えっ、というような声が誰の口からともなくもれた。

小川の評伝を書き、永年、年譜を制作してきたわたしが、全集の年譜を断るなどということは予想もできないことだったのだろう。そのうえ断る理由が「年譜に行き詰まりを感じている」というのであるから。

年譜ごときにいきづまりもクソもないものだ、というのがその座の人たちのひとしく率直な感想だっただろうとおもう。

「どうしてですか？」編集者がきいた。

わたしは黙っていた。即座にこたえることなどとうていできなかった。

「いいじゃないのやれば。いままでの年譜へ最近の著作をくわえればできちゃうじゃないの。何もむずかしく考えることはないよ。小川さんだって山本さんにやってもらいたいっていっているんだから」寺田がいった。

「年譜のようなものはいくら読んだって、そこから作家の真実がみえてくるなんてことはないんです。年譜なんかなんの役にもたたないんです」とわたしはいった。

それからあとはかなり激しい議論になった。

そして、やがて皆、わたしの主張に辟易して誰もなにもいわなくなった。口をつぐんだままである。グラスをもつものも箸をうごかすものもいなかった。

やがて誰かが「カラオケへ行って歌おう」といってたちあがったのを潮に、皆そそくさと部屋をでていった。

その翌日か翌々日、長谷川から自宅に電話がはいり、結局、わたしはパンフレット掲載用の年譜を制作することになった。

長谷川は全集の月報に、わたしが車屋でいいつのった年譜にたいする考え方を書くように、といったがわたしは書かなかった。書くとなればとても月報などではおさまらないと思ったからである。

小川はこの年の一一月一日から、朝日新聞に「悲しみの港」の連載(二七一回)をはじめる。

『小川国夫全集』(全十四巻)の第一回配本は九一年九月だった。

全集の刊行は中断され、再開は連載がおわるのを待つことになった。

翌年の三月、小川の母堂まきが亡くなった。

「悲しみの港」の連載のさなかだった。

わたしが書いた評伝も年譜も、相当な部分がまきからの取材だった。

寸暇を惜しんで藤枝へかよった。

最初のうちはあまり話してくれなかったが、ある時期からはまきはわたしが行くのを楽しみにして待っていてくれるようになり、どんな質問にもこたえてくれるようになった。胸にあることを話すと体がどんどん軽くなっていく、と明るく笑って話されたことなどがなつかしく思い出された。

やがて「悲しみの港」の連載がおわり、全集の刊行が再開され、最終巻の段階になった。長谷川から年譜を催促する電話がはいった。

たいがいはこんな流れになる。

わたしは全集の年譜を制作しておくった。

九六年二月のある日、何かの会合のかえりに、小川と静岡の居酒屋山小屋にはいった。『静岡作家』の創刊をまえにして小川と有村がいいあらそい、店をとびだした有村がスクーターで停車中の大型トラックの後部につっこんで死んだ。その山小屋である。

わたしは有村の無念の事故をおもい、芳生や谷川の悲嘆にしずむあの時の顔をおもいうかべる。

小川はなにをおもって酒を飲んでいるのだろう。

しばらくは無言だった。

やがて、小川がいった。

「山恵さん、よくお袋のところへかよったよね。思い出すなあ」

「よくかよいましたね。ほんとに」

「あれいつ頃でしたかね」

「いつ頃でしたか」

「お袋も段々いきおいづいて」

「最初のところを本にしたのが七六年ですから、取材にかよったのは確か七三、四年ごろですね」

「第二部の『海の声』がでたのは何年ですか」

「七九年でした」

「第一部、第二部ときて、まだありますね。もう一冊分、あるでしょ」

「もうありません」

「あるじゃないですか。『隕石』と『文芸静岡』に交互に連載したやつが」

「『アポロンの島の十年』ですか」

「ええ、あれは何枚ですか」

「五五〇枚です」

「どうなさいます。本にしておきますか」

「いえ、読みたい人は連載のときに読んだでしょうから」

「この近くの人はね。でも、まだ読みたい人はいると思いますよ」

「…………」

「いますよ」

『評伝小川国夫（第一部）東海のほとり』と『評伝小川国夫（第二部）海の声』は前述のように青木健が声をかけてくれ本にしてくれた。しかし、「アポロンの島の十年」というタイトルで連載した第三部については、面白いといってくれる人はあっても、本にしたいという声はどこからもかからなかった。わたしも、連載にふみきるときの動機もなかば冷めたものだったこともあって、特別本にしたいというような意欲はわかなかった。

「考えてみます」とわたしはいった。

その時、小川は口をきけるところが二社あるというようにいった。が、それが出版社の企画で出せるという意味かどうかは判らなかった。しかし、そんな甘い話ではないだろうと思ったので聞きかえしもしなかった。それからしばらくの間そのことは深くも考えないでいたが、そのうちに何となく第三部も本にしておくべきだろうという気持ちになってきたのだった。

取材では小川にはあんなに嫌悪感をあらわにして苦しめられたが、また何かいわれるかもしれないと思いつつ恐るおそるはじめた連載のときには、

「読んでいますよ」といかにも自分の物語を楽しんでいるという表情で笑っていた。そして先日の、

「どうなさいます。本にしておきますか」だった。

小川の気持ちは本にして多くの人に読んでもらいたいというところへきていたのだろう。小川は出版ジャーナリズムや読者の関心が彼から離れることを恐れて、彼に関心が向いているときには周辺をかぎまわる評伝や年譜の制作者をうとんじ、ジャーナリズムや読者の関心がうすれかけたと感じられるときには書いてくれといってくるのである。それはよく判っていた。わたしはそ

れにときに苛立ち、ときに反感をもったが、このときには、

「小川さんがいいというなら」と思ったのだった。

それで、小沢書店の長谷川が小川のところへきたとき、それとなくまとまった原稿があるという話をした。

「見せてください」と長谷川はいった。

わたしは連載誌の『隕石』と『文芸静岡』から、小川国夫評伝第三部「アポロンの島の十年」のページだけきりとって長谷川にわたした。

九六年九月二〇日、評伝小川国夫第三部は『若き小川国夫―アポロンの島の十年』として小沢書店より刊行された。

この『若き小川国夫』というタイトルは、小川家で、小川、長谷川、わたしの三人で話しているとき、一瞬のうちに決まったものだった。本のタイトルを考えていたわけではなかった。何か別の話をしていて、長谷川が、

「ところで今度の評伝の題だけど」といったのだった。すると小川が、

「『ヤング・エリオット』というのがあったね」といったのである。長谷川が間髪をいれず、

「あ、それいいじゃない。『若き小川国夫』」といった。

「いいですね」

それで決まったのだった。

「若き——」というタイトルの評伝はエリオットにかぎらずおおくある。しかし、説明ぬきで評伝とわかるタイトルだと思った。

この本は小川文学の読者のあいだで好意的にむかえられた。わたしもその気になって小川のところへいき、長谷川は続編を書くようにといった。

「第四部を書きたいのですが」といった。

すると、小川は手のひらをかえすようなかたい、厳しく冷たい声で、

「もうこの先は書かないでください」といった。ちからまかせにシャッターをひきおろすような声だった。

『若き小川国夫』はヨーロッパから帰国した小川が東京大森で創作活動にはいり、私家版『アポロンの島』を刊行するが、これが一冊も売れず、この時から丁度一〇年目の六六年九月、島尾敏雄が朝日新聞の「一冊の本」欄でこの本を絶賛したことを機に、商業雑誌の若手編集者の目が小川文学にむかうという、そこまでの一〇年の、いわゆる、無名時代を書いたものだった。第四部を書くとすれば、それ以降の小川ということになる。

当初の約束はその〈無名時代〉が終わるところまでということだったから、

「もうこの先は書かないでください」といわれるのは当然だった。

作家として立ったあとのありようは、もはや無名時代のようではないはずだ。

書くことにだけ専念できた時代は去ったのである。書くことのほかに出版社や読者のことも念

頭におかなければならないだろう。それは文学ではなくいうなれば商いの範疇のことである。そういうたぐいの消息は書きとどめるまでもない、ということだったのだろう。

「続編はやめてくれといわれましたよ」とわたしは長谷川にいった。

「それなら誰か、ほかの人の評伝をやりなさいよ」と長谷川はいった。

「資料を集めるのがたいへんですから。よく知らない人のものはなかなか集められないでしょう」

「資料は集まりますよ。集める気になればすぐに集まります。こっちで集めたっていいんですから」

「考えてはみますが」とわたしはいったが、ほかの人の評伝をやろうなどとは思わなかった。作家評伝は、もう小川で充分だった。

　作家に、皮膚一枚のところまで接近し、そこに身をおかなければみえてこないようなものを、小川とは異なる気象の別の書き手にまた試みるなどということは思いもおよばないことだった。もうご免こうむりたい。

　長谷川が書けということは、わたしには多分、評伝のようなものがあっているということなのだろう。しかし、小川に荒海をわたる小船の船頭のようなおもいをさせられてきて、いまさらほかの作家評伝を手がけるなどという気にはとてもなれなかった。

　長谷川は小川評伝のような現役作家の評伝をやれといったつもりはなかったのだろう。〈こっちで集めたっていいんですから〉ということは、生身の作家の評伝ではなく、墓石の下に居をうつした人が遺していったものを集める、ということだったのだろう。

そうだとしても御免こうむりたい。それなら売れない小説を書いているほうがよいとわたしは思った。

九六年のある日、それまでほとんど交流のなかった高柳克也が突然家にやってきた。

彼は義兄が経営する自動車販売修理店の営業を担当していて、その日はわたしの家の近所に車をおさめたかえりだといった。そして、

「『風信』になにか、小川国夫さんに関するものを書いてくれませんか」といった。

『風信』は高柳の個人誌である。彼はここに小川の著作目録や資料に関する情報を掲載していた。

彼はわたしがいれたコーヒーを飲みながら、二時間ぐらいとりとめもない話をしてかえったが、それからときどき寄るようになった。

そのころには、わたしは「年譜制作者」と題して自分のことを書きはじめていたが、休眠状態の『椅子』をゆさぶりおこしてまでそこに発表する気にもならず、書きあげたところで考えようと思っていた。

高柳はくるたびに、

「ねえ、何か書いてよ。いいじゃん。何でもいいからさ」といった。

その言いかたがじつにソフトで耳ざわりがいいのである。さすがに長年営業で飯をくってきた

男だと感心しているうちに、

「こんなのはどう」と「年譜制作者」の初めの部分、六〇枚をみせてしまった。

「やあ、ありがてえ」彼は大仰なよろこびかたをしてみせた。

それで『風信』へだすことは決まりになってしまったのだった。

書きあげれば二五〇枚から三〇〇枚にはなる予定だった。

「何枚になってもいいよ。第一回をこの六〇枚にして、あとは書けたところまでを区切りに連載するようにしよう。僕のほうは山恵さんのペースにあわせて『風信』を発行するようにするから」と。

個人誌だから発行は不定期だった。それを決めるおもな都合は彼がやっている小川国夫書誌のまとまり具合だった。だから、

「山恵さんのペースにあわせて」ということは、わたしの原稿のすすみ具合にあわせて彼のほうも書誌の原稿をまとめていくという意味だった。

そんなわけで「年譜制作者」の最初の部分は『風信』五号に発表した。

高柳はますます頻繁にわたしの家に寄るようになった。

「僕のほうは次号へだす分は大体になったけど、山恵さんのほうはどう」というようないいかたでやんわり催促する。

わたしは期待をかけられ、待たれているような心地よい錯覚のなかで励んで書いた。だからつ

づく部分は連載にするつもりだったものを、気をよくして一気に書きあげてしまった。

しかし、そこには年譜や評伝の取材で小川の逆鱗にふれたとおもいこみ、苦しんだことなどもつつみかくさず書いたので、そのまま『風信』に載せてしまうわけにはいかないと思った。それで、高柳にわたすまえに、恐るおそる小川のところへ持っていった。

小川はすぐに読んで、

「これはいいものを書きましたね。山さん、これが文学ですよ」というのである。

「小沢書店で本にしてもらいましょう」

そして小川はわたしの意向など聞くまでもないといったふうに、その場で受話器をとり、小沢書店の長谷川に電話をいれてしまった。

ここにも小川の天の邪鬼が顔をのぞかせていたのかどうか、わたしには判らない。

が、そんなふうだったので「年譜制作者」の後半部分が『風信』に掲載されるのと、小沢書店がうごきだすのがほぼ同時で、『年譜制作者』は九八年三月に刊行された。

その頃、谷川昇はますます俳句に熱をあげていた。

若い頃は詩を書き、二〇代後半からは小説に転じ、次いでカミングズ詩の翻訳をやり、いまは俳句に熱中していたが、どうも見るところ得手筋は根っからの教育者で、軽い批評性で味付けした話術が身上のようだった。

やがて彼は〈フォーラム静岡〉という文学愛好者組織をたちあげ、その代表世話人におさまる。

そして俳句や散文の書き方の指導をはじめる。

岩崎芳生は県文連の発行誌『文芸静岡』の編集長におさまっていた。谷川のあとをついだのである。

小説はあいかわらず書いていたが『橋の眺め』『隠国』『水舟の空』を世に問うたころのような執念はうすれ、骨董にはまりこみ、カルチャーセンターで骨董の講師もしていた。

臼井太衛は『静岡作家』同人の頃『躰が軟便になってゆく』『わが風土圏』という二冊の詩集をだしていた。しかしその後は、創作より自然回帰をテーマにした市民運動のほうへ関心がうつっていた。

「原発より水力」と、全国からあつめた学生をまえに訴えていたのである。だが、いちど文学に酔ったことのあるものは、なかなかそこから離れられないようである。

彼もまた離れることができなかった。創作にはもどらなかったが、文学愛好家のよき理解者といった立場でかかわることになる。

彼は〈藤枝文学舎を育てる会〉の設立（九一年）に奔走した。

そして、運営の中心にすわるのである。この会の活動は藤枝からでた作家小川国夫、藤枝静男、両氏の業績をながく世につたえることを中心に、この土地がうみだした文学者たちを、有名無名を問わずひろく掘りおこし伝えていこうというものだった。

はじまりは小川が少年時代、肺を病んで休学したときに住んでいた家の復元だった。この家はその後売却され長く旅館になっていたが、老朽化してとり壊すことになり、その柱などの骨ぐみを有志がもらいうけたところから復元保存運動がはじまり、文学舎づくりの方向へ発展していったものだった。

その家が小川が少年時代に住んだ家だということは、わたしが『評伝小川国夫・第一部・東海のほとり』に書いて以降ひろく知られるようになっていた。

活動の輪はひろがり、募金で建設資金をつのり、藤枝市も建設にむけて議会で討議するまでになっていた。藤枝市生涯学習センターに部屋をかりて、毎月、文学講座を開催したりもした。

〈藤枝文学舎を育てる会〉では、毎年秋に、小川と小川が推薦する作家一名を招いて講演会の開催もした。

二〇〇五年一〇月には、自らを〈反時代の毒虫〉と標榜する車谷長吉が招かれ「読むことと書くこと」と題してはなし、この時の小川は「地中海体験」と題して話した。

車谷は妻で詩人の高橋順子と順子の友人の詩人新藤涼子をしたがえてやってきた。車谷はどこへいくにも高橋、新藤の三人連れで歩いていた。

わたしは車谷とは初対面だったが、講演のあと親しくはなす機会があり、その折、年譜の編み方について質問をうけた。

『赤目四十八滝心中未遂』で直木賞を受賞し、「武蔵丸」で川端康成賞を受賞したので、兵庫県の実家のある町で〈車谷長吉展〉をやってくれることになった、という。それについて役所で展示用の年譜をつくりたいので、原稿を提出してもらいたい、といわれているということだった。〈葦〉という軽食喫茶でのことである。場所がそういうところなのできちんとした説明はできなかったが、車谷はわかったような顔をして帰っていった。

それから二、三日して夜電話があり、あれこれ尋ねてきて、わたしは年譜について判っていることや思っていることをはなした。

車谷は大変なお喋り男で、年譜のことを聞きおわると話はあちこち飛びながらゆうに二時間はつづくのである。一度そういうことがあったのでそれからは車谷の電話は子機でとるようになった。

トイレにいきたくなったとき困るからである。話しながらトイレにはいる。引き戸を開ける音でオヤと思うのだろう。「音がしましたね」と車谷はおもしろそうにいう。水を流す。「おわりましたか」とすぐに反応がかえってくる。

小川の限定本や豆本についてもずいぶん聞かれた。車谷も自分の作品を額縁入りにして眺めたかったのだろう。そういう本を作りたがっていた。

そんなことがあって、車谷の自作年譜のコピーが送られてきた。それで車谷からの電話の襲来はようやくおわったのだった。面白い人だった。

恒例になったこの秋の講演会で話してくれたのは、司修、野見山暁治、木崎さと子、奥泉光、中沢けい、野本寛一、丹羽正、紅野敏郎、前登志夫、なだいなだ、笙野頼子、江代充、窪島誠一郎、道浦母都子らである。

わたしも『年譜制作者』を刊行したときにお鉢がまわってきて、八歳までいて東京大空襲のあと疎開することになって離れた東京本郷森川町の家の周辺のことを話した。家まえは映世神社(五三年に移転)で、すぐ裏の小路には徳田秋声の家があった。夏目漱石、森鷗外、石川啄木、金田一京助、坪内逍遥、二葉亭四迷、樋口一葉、嘉村礒多、梶井基次郎、内田百閒、木下順二等、本郷にゆかりの文学者たちについて、作家と町と作品を主眼に話した。

二〇〇〇年、小川が日本芸術院賞を受賞した。

県文連『文芸静岡』の編集長をしていた芳生から電話がかかってきた。

「『文芸静岡』に小川文学について書いてくれ」

「お祝いの文章なんか書かないよ。ほかの奴にたのめよ。そういうもののうまい奴がいるだろ」

わたしはちょっと斜にかまえていった。ごあいさつなど真っ平ごめんである。

「いや、あんたが小川文学をどう読んできたかってことをさ」

わたしは、はっとして芳生の言葉をかみしめた。

初めて小川に会ったのは六八年の初夏だったが、その前年の六七年には『アポロンの島』と『生のさ中に』を読んでいた。だからこの時点でも三〇数年、小川作品は読みつづけてきている。そしてその間、伝記的評伝を書き、年譜を制作してきた。

小川の伝記的年譜的事実については、多くの研究者がわたしのまとめたものを頼りにしてくれ、問いかけてもくれる。しかし、それは伝記的事実に限られていて、小川文学について問いかけてくる人はいなかった。

わたしは小川文学について多くの人が書く作品評もたいがい読んでいた。しかしそれらの評論が小川文学論、小川国夫論にはいたらず、一つの作品のある側面について論ずるというところにとどまっていることが不満だった。

小川文学の根幹が書かれていない。作家小川国夫が書かれていない。

芳生にいわれてはっとそのことに気づいたのだった。

「そうか。書くよ」とわたしはいった。

そして「解纜の精神」と題して、小川が独自の言葉によって、情調を生きたままますくいとる方法を確立していく過程を書いたのだった。

小川文学は認識の文学であり意味に憑かれた作家だという人もいる。が、わたしはそのようには思わない。彼は生のさ中の感覚にともなう感情を、殺すことなく、生きたままますくいとることを、言葉の芸術の至上と考えている作家だとわたしは思っている。

その方法として、主人公の感覚にともなう感情から、想像を発展させていくスタイルをもちいている。その想像のさきに主人公がみるものをさして、認識といえばいえるのだろうが、小川はむしろそこにいたる過程のありようによって、人間の本質を見極めようとする作家だとわたしは思っている。

そのことをボードレールの影響を指摘しつつ、初期の短篇群を念頭において、「夕日と草」という超短編に焦点をあてて書いたのだった。

『文芸静岡』が発行されると、すぐに高柳がやってきた。

「読んだよ。このつづきを『風信』に書いてよ」

わたしは耳にはいってくる感想から「解纜の精神」を読んだ人のなかに、小川とボードレールは繋がらないと思っている人がいることを知った。小川が書いたものを読んでも、ボードレールについて書いたものはどこにもないというのである。

それでわたしは、「書くよ」と高柳にいって、続編を書いてわたした。

ボードレールよりおよそ一五〇年前、芭蕉は「不易流行」について句会での句評でのべている。これはボードレールが「現代生活の画家」で書いた現代性と不易ということと同義であるとして、芭蕉とボードレールの双方から小川文学における言葉の問題を書いたのだった。

高柳はそれを『風信』七号に掲載した。そして、

「このつづきも書いてよ」といった。

「書くよ。いろいろ頭のなかにあるから。あと百五十枚分ぐらいは頭にはいっている」とわたし

は冗談めかしていったが、実際、そのつもりになってきていた。催促してくれる人がいると書けるものである。しかし、すっとはとりかからず、その後はしばらく何となしに休憩の気分になっていた。

高柳も定年がちかづいていていた。彼もそうなればじっくり腰をすえてできるからと「小川国夫書誌」のまとめかたを話したり、子供と沖縄へ蝶をとりにいく計画を話したりしていた。

この頃だったか、もう少しあとだったか記憶が曖昧だが、藤枝の軽食喫茶葦にいくと小川がひとりでコーヒーを飲んでいて、同席してコーヒーを飲んだことがあった。その時、唐突に小川が、「山さん、評伝の続き、やってもいいよ。いろいろ質問してくれればぼくも喋るからさ」といった。

わたしは返事に窮して黙ってしまった。複雑な感情がわきあがり波だったのである。

小川も黙ったままで、二人は互いにあらぬほうに目をむけたままコーヒーを飲んでいた。

この頃、高柳は小川夫人から書庫の整理をたのまれ鍵をわたされていた。

彼は会社の休日をその整理にあてていた。そこでの作業を書誌の編纂にも役立たせたかったのだろう。一所懸命だった。わたしが手伝いを申し出ると、

「こんど小川さんの書庫にいくときに寄るよ。一緒にいこう」といったが、いっこうに連絡の気配はなかった。催促をすると、いちどわたしの家によって車にのせていってくれたが、書庫では

なにもさせないで、

「この椅子にすわってなにかそのへんのものを読んでいてよ」というのだった。そして、その日はおわったのだが、しばらくすると電話をかけてきて、

「わるいけど小川さんの奥さんに電話して、書庫へ入ってもいいかどうか許可をとってくれないかな。山恵さんが一緒だったとき、なにかちょっと変だったんだよ。僕の感じだけどさ。一人でいくときとちょっと違ったんだよ」というのだった。

「そうか。わかった。電話しておうかがいをたてるよ」とわたしはいったが、電話をきってから怒りがこみあげてきた。

小川家でわたしはどのような者として話し合われているのだろう。

わたしは小川国夫という作家とその作品のために、頼まれた仕事を長年忠実にやってきたつもりだった。しかし、頼んだ小川の思いはだいぶ違っていたということだろう。小川は自分の思いを決して口にしない。何を考えているのか解らないのだ。丹羽正が〈デモーニッシュな天邪鬼〉と言ったあの態度である。わたしは『評伝小川国夫―至近距離から』で、年譜や評伝を頼まれてやりつづけたが、そうした仕事をしながらの小川との交流は〈カミソリの刃のうえを歩くようなものだった〉と書いた。台地に足のつくような安堵感を味わうことは片時もなかったのである。

数日おいてわたしは高柳に電話した。

「おれは君よりずっと昔から小川さんのところへ行っているんだ。おれが資料をどのようにあつ

かうかということだって小川さんは知っている。年譜や評伝だってすべて目通ししてもらって活字にしている。嘘偽りを書いてはいない。それなのに、そんなことをいわれたのではおれは手伝わない」

そんなことになってしまったので、結局、書庫の整理は彼が一人でやった。

わたしは「解纜の精神」の続編どころの心境ではなくなり、それも放りだしたまま会社にいた頃の仲間と近くの山へ登ったりしていた。

初夏、高柳がしばらくぶりにふらりとわたしの家によった。そして、

「胃がおかしい。医者に診てもらおうとおもう」というようなことをいった。

その時にはまだ普段とかわらない元気なようすだったが、診てもらうと胃癌で、すぐに手術ということになった。しかし、手術はしたが患部はそのままにして縫合したのだった。もう医者も手のほどこしようがなかったらしい。

「あと三年は生きたい。そうすれば子供がおおきくなるから」と彼はいった。

しかし、年がかわって〇四年春、彼は逝ってしまった。

彼とわたしは、ともに小川の資料にかかわる仕事をしたが、前述のように交流の期間は意外にみじかかった。そして、そこにも不意の空白期間がはさまっている。

しかし、いまにして目に浮かぶのは、資料の収集方法や整理方法などについて語るときの彼の幸福そのものの顔である。多分、彼とわたしのあいだに生じた空白は、モノマニアックな、ジャ

ンキーの、似たもの同士の性格がもたらした些細な誤解から生じた反発なのだろう。あの時はおたがいに無意識のうちに構えたのだと思う。

それにしても年譜制作や評伝や資料整理では、いつも途中で考え込まされることが多かった。高柳とのことは別にしても、小川は究極、わたしという人間が信頼できなかったのかもしれない。わたしだけではなく、他者を信頼することの出来ない人だったかもしれない。

四月、静岡浅間神社の二〇日祭もおわり、雨がふった。札の辻にある古い洋食屋で県文連の運営委員会がひらかれた。

それがおわって、居酒屋でいっぱいやり、じゃあ、とのれんの外へでて解散する段になって、見まわせばどの顔にもしわがきざまれ、頭髪は白い者もいれば無い者もいる。岩崎芳生も谷川昇も、無論、ガラスにうつるわたし自身もまた、どれもこれも爺ぃの顔だ。

「これで解散け。もうみんな、帰るだか」と、焼津バカ野郎通りの詩人岩崎豊市が未練がましくいう。

バカ野郎通りとは焼津の海に近い通りで、家の近い曽根一章と岩崎豊市が酔っ払ってこのあたりまで来て、別れるときに互いに、バカ野郎、バカ野郎と怒鳴りあいながら別れたところから、彼らが命名した通りの名である。

「帰るさえ」と芳生。

「帰って、書くの？」と谷川がひやかす。

「書くための最高の情態は孤独」

「何でえ。それは」と豊市。

「ヘミングウエイのノーベル賞受賞記念スピーチ」

「そうか。孤独になりてえってか」

今更、とはさすがに誰もいわない。

「じゃあ」と散りかけたが、豊市はがまんできない。

「歌はどうするでえ。今日は歌なしで帰るだか」と声が悲しげになっている。

「わかったよ。じゃあ、行こう」

「行く？　ふんじゃあ……、小川さんもさそうか」と豊市。

「バカ。やめてくれ。あの人をいれたらマイクがまわってこねえじゃねえか」


　小川は両性花である。処女作「東海のほとり」は両性との交合を夢想する少年愛の作品である。

〈想像に、私と木暮と奥さんとで、目も遥かな野でコンヴェルザツィオーネをしている〉。コンヴェルザツィオーネには会話のほかに性交という原意もある。ロンドンで部屋を共にしたヴェリア博士（『若き小川国夫』参照）とは三年後フィジー島での再会を約していた。


　マイクをもって立ちあがる。歌いはじめると雌しべがふくらみはじめ、その特徴が姿態にあらわれる。そうなるときりがなくなる。小指をたてた右手にマイクをもち、左の手のひらをうちわをあおぐようにマイクにそえたりはなしたりしながら、右足で拍子をとって歌いまくり閉店までマイクをはなさない。

藤枝の店では二七曲歌いつづけ、静岡の店では三〇曲歌いつづけて朝になった。東京や大阪でのことは知らない。

同席する者はうんざりしてストレスがたまる。

「こういう顔ぶれがいいんだ」

「こういう顔ぶれか。しけた顔ぶれだな」

「低空飛行部隊」

「なにお」

「まあまあ」

ほんとうは誰もいそいで帰りたいわけではないのだ。

歌よりも自分の居場所がいらだちになる。

町を歩いていても、人に会っていても、家に帰っても、どこにも居住まいのいい場所はない。

カラオケにいくことになっていつもの店のほうへ歩きながら、皆どこかほっとしたようなうすら笑いを浮かべている。

小川国夫逝去。〇八年四月八日、八〇歳四ヶ月。

ふと、小川が生前、おぼえたがっていた歌があったことを思い出す。

「小雨の丘」作詞サトウハチロー、作曲服部良一、一九四〇年谷真酉美がうたった。

テレビ・ドラマ、佐藤愛子『血脈』のなかで歌われていた歌を、小川はテレビを見ていて聞いたのだという。


〈雨が静かに降る／日暮れの町外れ……〉


「ああ、聞いたことはあります。そこまではわたしも。が、その先は……」

マザー・コンプレックスの小川は、母親の死後、深夜、原稿を書いていて、突然、天井から「国夫」と叫ぶように呼ぶ母親の声を聞いたという。それが一度や二度ではなくたびたびだったので、しだいにその声を待つようになったと。


〈雨が静かに降る／日暮れの町外れ／そぼ降る小雨に／濡れ行くわが胸／夢のような小ぬか雨／亡き母の囁き／独り聞く独り聞く／寂しき胸に〉


晩年の短篇「母さん、教えてくれ」には、〈これは自分の考えを記したのではない。死んだ母の声を聞こうとして耳を傾けただけだ。聖書は神の声を聞いて書き取った本だという。それと似ているかどうか、とにかく、心を澄まして、鼓膜に響く声を、右から左にうつしただけだ〉と書いている。

小川にとって母がどういう存在であったか、よくわかる記述である。

その一方で、小川にとって母以外の者はどのような存在として認識されていたのか、となると簡単に答えることはできない。

一四年二月、講談社文芸文庫出版部から手紙がきた。

〈小川国夫さんの自選短篇集『あじさしの洲・骨王』を文芸文庫に収録することになり、現在進行しております。つきましては『アポロンの島』（注・文芸文庫）所収の年譜の再録と、一九九七年十一月以降の約六年間の事項の加筆をお願いしたいと存じます。枚数は必要分、締め切りは三月二十五日ということでよろしくお願い申し上げます〉

わたしは文芸文庫出版部から手紙をもらうすこしまえ、小川夫人の綏子さんから電話をもらっていた。

「講談社文庫のほうで、年譜、あなたに頼みたいといっていたから連絡がいくと思うけど。それで、一九九九年以降は台帳につけてあるから、いつでもあなたのご都合のいいときに持っていって見てくだされば」

本来わたしがやらなければならない台帳への記載を、綏子夫人がやってくださっていたのだ。申しわけないことだった。わたしは反省もしたが、ほっとした気持ちにもなった。

わたしは小川家の書庫へいって台帳を見せてもらった。

かつては足のふみ場もなかった書庫のなかは、高柳の整理のおかげですべての本が書棚におさまり、床はひろびろしていた。山のように本が積まれていた机のうえもきれいになっていた。その机をつかわせてもらって、わたしは年譜に加筆した。

作家のいない家、整頓された書斎、書庫、凍結した空気、……静寂、…………、もはや、狂うべきなにもののない、寂しさ…………

本来ならば、年譜や評伝、伝記などのようなものは、このように作家の生の時間のさだまったときから、その世界をさかのぼって調査し、作制するものであるはずだが、わたしの場合は並走しながら五〇年やり続けてきたのだった。

頼まれて始まったこととはいえ、そこにはいいようのないさまざまなものが乱れ入り、いちようにはいかなかった。そしてその底流に小説を書きたいという狂気が乱流していたのである。

小川は不思議なことに、まるで神様のようにあがめ奉る人たちに囲まれていた。そこで囲む人たちは文芸同人誌のジャンキーたちとはまた異なる人たちだった。

不思議な求心力だった。なぜ囲み奉りたくなるのだろう。

それも文学の力によるものだったのだろうか。作品がそうさせていたのだろうか。それともあがめ奉り囲みたくなるようなものを、身にまとっていたということだったのだろうか。

文芸同人誌に文学青年たちの野心がうずまいた。

スピリチュアル・ジャンキーの世界。そこで展開された魂のスクランブル・レースもすでに過去のものとなり、思いかえせば陳列棚におさめられた懐かしい写真のようでもある。その写真に〈デモーニッシュな天邪鬼〉〈大きな無意識の塊り〉、という本人でさえとらえ難い現象を生来のものとして生きた小川国夫という作家がおおいかぶさっている。

自伝的真実をさらけだして、身に迫る排他的人間性の陰湿な闇をあばきだそうとした（「黒馬に新しい日を」『評伝小川国夫―至近距離から』参照）が書ききれず、そこを曖昧にしたままキリスト者の衣装をまとい、聖書をモデルに（『或る聖書』「海からの光」他）宗教性を感覚表現で暗喩する作品を仕立てる時期を経て、次第に自伝的世界の内奥をみきわめ、その総体を構築する作品（『弱い神』）の方向へむかった小川国夫。

医師としての視点から、肉体があることによって生ずる苦しみ、疾病、異常な性欲、（「路」「家族歴」「硝酸銀」「犬の血」）などを書いたあと、ラマ教（『秘境西域八年の潜行』西川一三）によってある種の解放へむかう作品（「一家団欒」『田紳有楽』）を書いた藤枝静男。唯識仏教の八識における無明に翻弄される人（『無明長夜』「脳天壊了」他）を書いた吉田知子。

文学は時代とともに盛衰する。なかで巨石のようにどっしりとのこり、読まれつづけていくものもある。だが、大方は霧のように消えていく。時代の巨樹が化石化して永遠の巨石になるとはかぎらない。

ともあれ、そうした巨樹の下草のような駿河湾西岸の文芸同人誌のジャンキーたち、そのジャンキーたちもまた、個々の真摯にして孤独ないとなみをとおして、結果として、一時代の文化に花をそえたのだ、と思いたい。

あとがき

これこそ文学というような作品を一作でいいから残したい。

狂うようにそれをやったあの時代の出来事はいったいなんだったのか。

思想はたえず変化する。ときがすぎて世のなかの傾向がかわる。それに気づいた者のとり残されようは無残だった。

一度印象づけられたことはそのものの内にとどまって、困ったことに遠ざかっていかない。

一方で時代は予想もつかない方向へ変わっていく。

あの四、五〇年間のさいごはそういう出口へさしかかっていた。

阿部昭が「浦島太郎」を書こうとするころには、もう大きな変化が顕著になって手のほどこしようはなかっただろう。

ここでのジャンキーでは時間の流れのなかに唐突に印象にのこる人物像をそのまま入れた。

こうすることによって多くの人の印象はほぼ定着できたが、時代と人の関係がうまくたどれないままになったところもあった。

経験をかたるのと物語をつみかさねることは別なのだ。

その両方をいちどにかなえようとしても無理だったのだろう。

眼前におこることはつねに新しい。

印象がそのように教える。

だが、あの交感の幻想にもにた体験は二度とやってこない。

〈著者紹介〉

山本恵一郎（やまもと　けいいちろう）

1937 年生まれ。八歳まで東京本郷で育ち、東京大空襲のあと伊豆下田に疎開。1968 年小川国夫と初めて出会い、以降年譜制作、評伝を執筆。

著書　『東海のほとり（評伝小川国夫第一部）』（麦書房）
『海の声（評伝小川国夫第二部）』（青銅会）
『若き小川国夫』（小沢書店）
『年譜制作者』（小沢書店）
『静岡の作家群像』静新新書（静岡新聞社）新聞連載後刊行
『小川国夫を読む』静新新書（静岡新聞社）新聞連載後刊行
『小川国夫との対話』（菁柿堂）
『評伝小川国夫―至近距離から』（鳥影社）

スピリチュアル・ジャンキー
文学に憑かれた日々

令和五年十月三十一日　初版発行
定価　本体一五〇〇円＋税

著　者　山本恵一郎
発行人　松原　正明
発　行　羽衣出版
〒四二二―八〇三四
静岡市駿河区高松三二三三番地
ＴＥＬ〇五四・二三八・二〇六一
ＦＡＸ〇五四・二三七・九三八〇
印刷・製本　（株）渋谷文泉閣

ISBN978-4-907118-81-5　C0095 ¥1500E